Agnès Ruiz

L'ORACLE DES TROIS SOLEILS

TOME 1

Catalogage avant publication de Bibliothèque et Archives nationales du Québec et Bibliothèque et Archives Canada

Ruiz, Agnès, 1968-

   Élias Sparte

   Sommaire: t. 1. L'oracle des trois soleils -- t. 2. Les œufs sacrés -- t. 3. Le sanglier de Calydon.
   Pour les jeunes de 12 ans et plus.

   ISBN 978-2-89595-390-6 (v. 1) (prix de lancement)
   ISBN 978-2-89595-391-3 (v. 1)
   ISBN 978-2-89595-392-0 (v. 2)
   ISBN 978-2-89595-393-7 (v. 3)

   I. Sybiline, 1976- . II. Titre. III. Titre: L'oracle des trois soleils. IV. Titre: Les œufs sacrés. V. Titre: Le sanglier de Calydon.

PS8585.U527E44 2009   jC843'.6   C2009-940803-1
PS9585.U527E44 2009

© 2009 Boomerang éditeur jeunesse inc.

Auteure : Agnès Ruiz
Illustration de la couverture : Sybilline
Illustration de la carte d'Éphoria : Agnès Ruiz
Graphisme : Julie Deschênes

Dépôt légal — Bibliothèque et Archives nationales du Québec, 2ᵉ trimestre 2009

ISBN 978-2-89595-391-3

Gouvernement du Québec — Programme de crédit d'impôt pour l'édition de livres — Gestion SODEC

Boomerang éditeur jeunesse remercie la SODEC pour l'aide accordée à son programme éditorial.

Nous reconnaissons l'aide financière du gouvernement du Canada par l'entremise du Programme d'aide au développement de l'industrie de l'édition (PADIÉ) pour nos activités d'édition.

Imprimé au Canada

ASSOCIATION NATIONALE DES ÉDITEURS DE LIVRES

« *La pratique du bien
est le plus sûr moyen
de parvenir au bonheur.* »
Socrate

À mes trois soleils,
Valentin, Laurayne et Kimberly.

TABLE DES MATIÈRES

LES TERRES
HERBEUSES

LES TERRES
GLACIAIRES

LES
TERRE
DES
AURÉ

LES TERRES
DE SABRES

LE
TER
BRÛ

PROLOGUE

Éphoria est un pays d'ici, lointain, ignoré, inconnu… Un pays qui vient du fond des âges. Il était présent hier, il l'est aujourd'hui et il le sera encore demain… sans doute.

C'est un pays caché et qui sait demeurer silencieux… Nos légendes de par le monde abondent de ses récits. Quelques religions se sont même emparées de certains rituels pour les intégrer dans leurs croyances. Il suffit d'être attentif pour en reconnaître la véritable origine.

Mais tout cela se perd dans la nuit des temps…

1

LES TERRES HERBEUSES

Élias Sparte habitait depuis peu un village proche d'Athènes. Il avait fêté son douzième anniversaire deux semaines avant le tragique accident qui avait causé la mort de ses parents et bouleversé sa vie. Son grand-père, Kristos, l'avait recueilli dans son monde solitaire et silencieux. Quand le vieil homme parlait, c'était la plupart du temps pour médire des parents d'Élias, de sa mère, surtout! Il ne se gênait pas non plus pour critiquer Élias avec ses cheveux bruns trop longs!

Soucieux d'éviter son grand-père, le jeune garçon préférait traîner dans la plaine où les champs d'oliviers côtoyaient les vignes. Le calme et la solitude qu'il y retrouvait tempéraient son humeur. Il y faisait souvent un détour après l'école pour y passer quelque temps avant de rentrer à la maison. Ce jour-là, il s'attarda plus longuement. De son sac à dos ultra plat, il sortit un bouclier de bois qu'il avait lui-même fabriqué, patiemment poli et gravé, au centre, de ses initiales : E.S. Le pourtour était agrémenté de douze creux circulaires. Élias aimait sentir les courbes lisses sous ses doigts. Il y avait mis tout son cœur, tout son temps libre, mais le résultat en valait la peine ! Ce bouclier était le seul souvenir tangible de sa vie passée. Aujourd'hui, il l'avait présenté aux élèves de sa classe à l'occasion d'un exposé sur l'époque médiévale.

Refusant de laisser des larmes l'envahir, Élias déversa son trop-plein d'émotion en opposant son bouclier à un adversaire invisible. Le plaisir du jeu ne tarda pas ; Élias Sparte était devenu un guerrier courageux et invincible…

Le soleil commençait à descendre à l'horizon dans ce ciel bleu de fin d'après-midi. Élias savait qu'il ne devait pas tarder pour ne pas rater le repas du soir. Il avait faim d'autant qu'il n'était guère charnu. Certains n'hésitaient pas à le qualifier de gringalet, comme la bande d'Andréis par exemple !

Élias pressa le pas, son bouclier maintenu au bras par sa sangle de cuir et sa poignée métallique. Il donna machinalement un coup de pied sur une pierre et la regarda s'élever, emportant un nuage de poussière crayeuse pour retomber lourdement sur le bas-côté. Presque au même moment, il entendit un bruit dans un buisson. Des voix, ou plutôt des murmures. Intrigué, il avança, légèrement courbé. Élias avait conscience qu'il ne devrait pas, que cela ne le regardait pas… Mais c'était plus fort que lui !

Tandis qu'il approchait, des pas derrière lui le firent se retourner. Il eut juste le temps d'apercevoir Andréis avant qu'il le pousse dans le buisson. Deux comparses riaient aux éclats. Sous les regards moqueurs, Élias essaya de s'extirper de sa position inconfortable, utilisant son bouclier comme support.

Il s'était à peine relevé que le ciel s'obscurcit d'un coup. Un énorme nuage noirâtre, suivi de près par un nuage violet des plus insolites, inonda le ciel. Une zébrure jaillit sans crier gare et traversa la voûte céleste. La bouche ouverte, Andréis et les deux autres garçons furent propulsés plusieurs mètres en arrière, retombant lourdement sur leurs fesses. La pointe de l'éclair vint, quant à elle, percuter violemment Élias. La main toujours sur son bouclier de bois, il fut soulevé au-dessus du buisson quelques nanosecondes puis disparut sous le regard ahuri d'Andréis et sa bande…

• • •

Yéléna, la grande prêtresse de la cité d'Éphoria, marchait vers les Terres Herbeuses. Ses pieds nus, arrosés par le timide matin, glissaient sur l'herbe généreuse. Dans sa main droite, elle tenait une longue tige d'or tressée et surmontée de deux superbes sculptures de bois : un aigle adossé au serpent sacré. Sur sa tunique d'un blanc éclatant, Yéléna arborait les plaques d'or gravées des dieux et déesses qu'elle servait. Le somptueux bijou était maintenu à ses épaules par deux fibules d'or à l'effigie du serpent et de l'aigle. Un anneau d'or en forme de serpent s'enroulait par trois fois sur le haut de son bras droit. Son épaisse chevelure argentée tombait librement jusqu'à la taille. Parfois, quelques mèches semblaient se rebeller et s'élevaient dans les airs, sans raison apparente.

Dans leur tunique ocre bordée de fils d'or, quatre sages à la longue barbe marchaient à sa suite, pieds nus eux aussi. Une jeune fille au corps frêle et au visage d'une pâleur quasi spectrale fermait le cortège matinal. À l'occasion de cette cérémonie, la tête d'Auxane était couronnée de violettes, ces fleurs créées par Zeus lui-même. La jeune fille aux longs cheveux lisses et blancs avait onze ans et était l'élève de la grande prêtresse depuis un an. Il lui faudrait du temps pour tenter d'égaler les extraordinaires pouvoirs et connaissances de Yéléna. Des connaissances que cette dernière lui prodiguait parfois en secret pour ne pas apeurer la population, toujours craintive face à une certaine forme de magie… Quand Auxane s'inquiétait de ne pas être à la hauteur, Yéléna lui rappelait qu'elle avait été choisie par les dieux de l'Olympe.

Auxane se souvenait de sa première rencontre avec la grande prêtresse ; celle-ci était venue la chercher sur les Terres Glaciaires, à la suite d'un oracle d'Athéna, déesse de la sagesse et de la guerre. C'était le troisième jour après les funérailles de ses parents. Il y avait eu des offrandes de sel, de gâteaux et de fruits, des libations de lait et de vin dans des vases percés afin de permettre à ses parents de continuer à vivre sous terre. Un frisson parcourut la jeune

Auxane. Son regard gris se brouilla un instant à l'évocation de ce souvenir.

Un gros corbeau blanc survola le groupe avec insistance. Yéléna se sentit transportée par ce présage. Apollon, le dieu de la lumière, de l'harmonie et de la divination, manifestait sa présence par l'entremise de son compagnon préféré.

La procession arrivait sur le mont Tamaros, près du village des Terres Herbeuses et à l'écart de la cité du roi Drakéon. Surplombant maintenant le vaste royaume, Yéléna embrassa d'un œil aiguisé les terres d'Éphoria. Le palais se dressait en plein cœur des neuf terres : un ouvrage massif de pierres blanches, bâti parfois avec le sang du peuple. La grande prêtresse sentait souvent la présence de Drakéon. Il rôdait, s'attardait, sans pour autant oser s'attaquer ouvertement à Yéléna...

La grande prêtresse savait qu'elle devait demeurer vigilante, car les pouvoirs tout autant que la richesse du roi s'accentuaient au fil des ans... Devait-elle formuler quelque regret ? Ses pouvoirs demeuraient bien plus puissants, mais pour combien de temps encore ? Et il y avait aussi Antarès, le fils du roi. Il prenait plaisir à exercer son autorité tyrannique sur la population. Yéléna consultait régulièrement les éléments et les dieux... L'équilibre d'Éphoria était menacé. Les dragons ancestraux n'exerçaient plus leur sagesse ni leur protection sur les Terres et cela semblait arranger fortement Drakéon.

L'oracle des trois soleils avait révélé qu'aujourd'hui marquerait la venue de l'élu manquant. Yéléna savait que ce mois était favorable. La veille, dix corbeaux s'étaient envolés des mûriers proches de sa maison en direction des trois soleils levants pour apporter la lumière au monde. La grande prêtresse avait longuement suivi le vol des corbeaux freux.

C'était un début de cycle sur Éphoria. Toutes les forces de la nature se conjuguaient. Les dieux visitaient les habitants à leur manière. Le temps et l'espace, le monde du visible et le monde de l'invisible entraient en communion.

Un fastueux banquet avait célébré la fin de l'été et le commencement de l'automne. Les habitants des Terres Herbeuses avaient engrangé la dernière récolte, ramené les troupeaux et payé son tribut à Drakéon, qui s'était montré plus gourmand que l'année précédente. Quelques-uns s'étaient opposés. Les plus téméraires en avaient payé de leur vie, les autres avaient subi des coups de fouet…

Sereine, la grande prêtresse continuait à mâcher une herbe spéciale concoctée par ses soins. L'herbe provoquait des révélations, préparait la venue des dieux. Les quatre sages levaient régulièrement les bras pour saluer les trois soleils d'un geste de la main. Puis, en chœur, ils scandaient :

— Le bien-être et le salut des villageois des Terres Herbeuses, de leurs femmes et de leurs enfants, ainsi que de tous les habitants des Terres du pays d'Éphoria.

Le groupe était arrivé au sanctuaire oraculaire, où un immense chêne au feuillage perpétuellement vert se déployait. Plusieurs boucliers pris aux ennemis lors de combats victorieux avaient été suspendus aux branches. Des vases d'airain y étaient également accrochés et, se joignant aux boucliers, résonnaient en s'entrechoquant sous le vent qui gonflait, délivrant ses messages aux prêtres attentifs.

Yéléna demanda à Auxane de s'asseoir sous les feuillages, d'observer, et de se laisser aller à ses intuitions. La jeune apprentie éprouva une certaine peur. Elle craignait de ne pas être à la hauteur. Ses yeux gris prirent une teinte plus sombre que remarqua la grande prêtresse. Pourtant, Yéléna ne dit rien de plus. Auxane obéit, le cœur à l'envers. L'herbe sous ses doigts était froide et gorgée de gouttelettes de rosée. Les quatre sages s'allongèrent, les bras écartés, les yeux ouverts.

Yéléna jeta sa tige tressée au sol. Celle-ci se transforma aussitôt en un immense serpent qui se mit à ramper puis à s'enrouler autour du tronc du chêne, comme s'il voulait rejoindre le gros corbeau blanc, perché sur une branche basse. La grande prêtresse enjamba les bornes qui délimitaient le téménos, l'espace sacré. Enfin, elle éleva les bras et présenta ses paumes ouvertes au ciel, désireuse de lier la dimension terrestre au phénomène céleste. Elle déclama à son tour :

— Le bien-être et le salut des villageois des Terres Herbeuses, de leurs femmes et de leurs enfants, ainsi que de tous les habitants des Terres du pays d'Éphoria.

Tout à coup, la voûte azurée se zébra de plusieurs lumières éblouissantes. Des boules de feux traversèrent le ciel. C'était Zeus, le dieu souverain, qui se manifestait. Il tenait en main la foudre à trois éclairs : le premier pour avertir, le second pour punir, et le troisième pour annoncer la fin des temps...

La prêtresse tourna lentement autour de l'énorme chêne, les deux bras à l'horizontale, les yeux enfiévrés. Les boucliers et les vases s'agitaient de façon inhabituelle. La pluie se déversait sur Yéléna, lui collant sa tunique sur la peau. Son pas s'accéléra, effleurant à peine le sol. Elle redressa son visage d'un ovale parfait, et, dans une langue inconnue des Éphoriens, discuta avec Zeus. Ses cheveux s'élevèrent dans les airs, formant une corolle sauvage. D'argent, ils tournèrent au doré, comme s'ils possédaient une vie propre. Sa voix claire et douce prenait parfois une tonalité sombre et forte. Dix corbeaux freux s'envolèrent en même temps, puis tournoyèrent autour du chêne en poussant des cris aigus. Les quatre sages, toujours couchés au sol, reprenaient le chant de Yéléna, les bras levés vers le ciel rougeoyant...

Auxane assistait à la scène en frissonnant. Elle n'avait pourtant pas froid, malgré sa fine tunique jaune rayon de miel. Dans un sursaut, elle suivit des yeux quatre flammes qui encerclèrent les poignets et les chevilles de Yéléna. Avec une extraordinaire légèreté, les liens de feu soulevèrent la grande prêtresse à un mètre du sol. Une longue et large spirale enflammée s'enroula autour du corps de Yéléna tandis qu'elle poursuivait un chant troublant et entêtant, qui envahissait toute la colline, glissait sur le village des Terres Herbeuses et continuait sa route au-delà. Auxane se surprit à reprendre ce chant, qu'elle était sûre, pourtant, de ne pas connaître. La jeune apprentie ferma les yeux et continua sa mélopée, dans un état second qui lui agitait tout le corps.

• • •

Tandis que les trois soleils arrivaient à la verticale, l'orgueilleux Antarès, le fils du roi, se laissait porter par son pur-sang. Marchant à côté, en direction de la cité d'Éphoria, Sandros tenait mollement la bride du cheval.

Antarès était âgé de quatorze ans et possédait une chevelure brune et épaisse qu'il entretenait avec un soin jaloux. Il avait un an de plus que Sandros, son écuyer qu'il adorait rudoyer. Sa tunique pourpre, taillée dans un tissu parmi les plus chers, était recouverte d'une longue cape de même couleur qui retombait sur la croupe de son coursier. Il portait son précieux arc ainsi que son carquois, vide pour l'heure, en bandoulière. De rage, il avait brisé lui-même les dernières flèches avant de décider de rentrer au palais.

Antarès et Sandros revenaient de la chasse. De l'avis de son père, la chasse était une phase incontournable de l'éducation. Cette activité exerçait le corps, habituait aux dangers et préparait pour la guerre. Pourtant, aujourd'hui, Antarès n'avait rapporté qu'une perdrix et il était de fort méchante humeur. Il accusa sans vergogne son écuyer aux cheveux blonds et courts. Antarès nourrissait animosité et soupçons à propos de Sandros. Était-il vraiment originaire des Terres Herbeuses ? Son père, le roi, lui assurait que oui. Ces suspicions contribuaient à rendre Sandros responsable, aux yeux de son maître, de cette maigre chasse.

Antarès lui promit un juste châtiment à leur retour. L'écuyer ne s'en formalisait plus... Son regard bleu fixait l'horizon, les pensées vagabondes.

Sandros était habitué aux longues marches. Ses jambes, enserrées dans un pantalon de lin ocre resserré aux chevilles, se mouvaient avec aisance sur le chemin de terre. Sa courte tunique marron tombait mollement et lui arrivait tout juste en haut des cuisses. Un ceinturon maintenait sa dague en fer toujours à portée de la main. L'écuyer était loin d'être maladroit avec cette arme, un cadeau de son père peu avant sa disparition lors d'une bataille maritime en terre lointaine... Il y avait bien longtemps de cela. Pour l'heure, l'écuyer courbait l'échine... Il essayait aussi d'éviter les bottes d'Antarès. Ce n'était guère aisé. Il suffisait que le cheval fasse un écart pour qu'il se retrouve contre son flanc. Antarès n'en demandait pas plus pour imprimer sa semelle sur le dos du malheureux. Sandros grimaçait simplement. Après tout, la grande prêtresse ne l'instruisait pas pour le voir démontrer sa colère, même si l'envie était souvent forte. Sandros devait pourtant reconnaître que les coups que

lui infligeait Antarès n'étaient pas si douloureux ; son dos était presque totalement recouvert d'écailles épaisses d'un vert sombre…

Soudain, le pur-sang hennit et se cabra
violemment sous l'apparition d'un étranger
sur le chemin. Antarès tomba lourdement sur
le sol. Sandros s'efforça de calmer la bête, puis
aida son maître à se relever. Le regard furieux,
Antarès écarta sans ménagement l'écuyer, puis
secoua d'un geste rageur ses vêtements pous-
siéreux. Il sortit aussitôt sa longue épée en
avançant vers le fautif.

— Qui que tu sois, tu vas regretter de
m'avoir fait chuter !

Yéléna apparut soudain. Comme à son
habitude, personne ne l'avait entendue arriver. D'un mouvement impératif, elle leva sa
tige d'or vers Antarès, tout en enveloppant les
épaules d'Élias de l'autre bras.

— Tu ne toucheras pas un cheveu de
ce garçon ! commença-t-elle calmement. Il
se nomme Élias Sparte. Il vient de très loin.
Les dieux de l'Olympe l'ont mis sous
ma protection…

— C'est toi qui le dis, Yéléna ! rétorqua
Antarès, plein de fiel. Mon père ne l'entendra
pas ainsi !

— Le roi Drakéon ne peut rien face à l'oracle des trois soleils…

Sandros et Antarès regardèrent la grande prêtresse sans comprendre. Quant à Élias, il était hagard, épuisé. Il avait erré la nuit durant dans cet endroit inconnu et avait l'impression d'être dans un cauchemar qui avait l'air très réel. Yéléna poursuivit de sa voix éthérée, en pointant un bras vers les trois soleils :

— Éphoria vient d'entrer dans son cycle des trois mille ans. C'est une ère de changement.

Antarès soutint brièvement le regard de la prêtresse, mais ne put s'empêcher de le détourner. Il avait ressenti une vive brûlure. Il détestait Yéléna depuis toujours et sa haine semblait plus féroce aujourd'hui. Le fils de Drakéon enveloppa l'étranger de cette même haine. Yéléna continua tranquillement :

— Hier matin, les trois soleils se sont levés en même temps…

Sandros sortit de sa torpeur et s'exclama :

— C'est vrai, je l'ai remarqué ! Je préparais le cheval d'Antarès… C'était étrange.

— Je n'ai rien vu, argua Antarès en toisant Sandros.

Il s'apprêtait à asséner un coup à son écuyer, mais la prêtresse intervint de nouveau. Elle présenta sa paume au visage d'Antarès. L'instant d'après, une boule de feu flotta dans l'air une fraction de seconde avant de s'infiltrer dans la bouche entrouverte d'Antarès. L'infortuné porta ses mains à sa gorge tandis que son visage devenait d'un rouge inquiétant. Les yeux agrandis d'effroi, Antarès tomba à genoux, incapable d'articuler un son.

Yéléna affirma que son malaise se dissiperait sous peu, puis elle partit, emmenant l'étranger. Sandros rit intérieurement devant son maître humilié, regrettant simplement que l'effet ne durât pas plus longtemps...

LA MARQUE DE ZEUS

Yéléna et Élias marchaient en silence en s'éloignant du village des Terres Herbeuses. Sur leur chemin, Élias aperçut un grand lac dont la surface lisse reflétait les teintes de l'arc-en-ciel et s'étonna de ce phénomène. Quand il voulut s'en approcher, Yéléna le retint fermement. Le jeune étranger la questionna bientôt sur les magnifiques oiseaux qui glissaient le long du courant. La prêtresse observa un moment Élias de ses yeux violets si lumineux, puis lui sourit :

— Tout te semble singulier à Éphoria, c'est bien normal. Ces oiseaux ne sont pas tout à fait ce que tu crois. Il est vrai qu'elles sont de dos... Ce sont des sirènes. Elles vont souvent par trois. L'une joue de la lyre, une autre de la flûte et la dernière chante. Prends garde, Élias, elles sont moitié femmes, moitié oiseaux ! Quand elles survolent l'eau et commencent à

jouer de la musique en chantant, elles entraî-
nent l'imprudent pour le noyer.

Élias frissonna. Il pensa à la petite sirène
d'Anderson. Une sirène à queue de poisson…
Sa mère lui avait souvent raconté ce conte, qui
la faisait toujours bien rire. Il aimait sa gaieté.
Elle lui manquait, tout comme son père. Élias
secoua la tête pour chasser ses pensées nostal-
giques. Les sirènes qu'il voyait de dos n'avaient
rien à voir avec un conte… Jetant un regard
méfiant vers le lac Arc-en-ciel, il demanda
d'une voix rauque :

— Pourquoi suis-je ici ? Comment se fait-
il que vous me connaissiez ?

— Tu es l'élu manquant, Élias Sparte !
L'oracle des trois soleils m'a prévenue de ton
arrivée.

L'étrange lac était derrière eux maintenant.
Des peupliers blancs bordaient le chemin. Tout
à coup, Élias trébucha contre une racine qui
n'était pas là auparavant. Quand elles se multi-
plièrent, il sortit vivement son bouclier de bois
rangé dans son sac à dos et commença à
donner des coups autour de lui. Yéléna pointa
sa tige d'or, le côté du serpent sacré face aux
racines récalcitrantes. Elle tourna ensuite la

tige de façon à présenter l'aigle. Dans une langue insolite, elle lança un ordre unique, puissant. Aussitôt, l'aigle se détacha de la tige. Il devint un véritable aigle royal qui déploya ses ailes majestueuses aux longues plumes bleu-gris. Son bec crochu noir s'ouvrit à deux reprises, puis son œil brun sombre toisa le jeune garçon. Élias aurait reculé s'il l'avait pu, mais ses jambes étaient maintenues par les racines qui tentaient de l'entraîner dans les entrailles de la Terre ! Avec le tranchant de son bouclier, il s'attaquait de part et d'autre aux liens meurtriers qui l'enserraient. Son regard vert effrayé rencontra celui de la prêtresse, d'un violet profond. Elle paraissait si calme !

Avec horreur, Élias découvrit bientôt que les racines se transformaient en hideux serpents. Il avait toujours détesté les reptiles. Une violente envie de vomir le saisit… L'aigle royal fondit sur les serpents et une lutte acharnée s'engagea. Élias sentit bientôt ses membres libres et se releva prestement. L'aigle se repositionna sur la tige d'or de Yéléna. L'instant d'après, tout redevenait immobile. La gorge sèche, Élias articula :

— Comment faites-vous ça ? Où suis-je ?

Yéléna hocha la tête d'un air entendu, mais éluda la question. Elle prit plutôt le bouclier d'Élias et posa sa main à plat sur le pourtour. Enfin, elle jeta :

— Tu viens de faire connaissance avec les dryades, jeune Élias Sparte. Ce sont les divinités protectrices des forêts et des bois. Elles peuvent être espiègles parfois, comme tu viens de le constater avec ces racines, lui confia Yéléna d'un air malicieux. Mais oublions cet incident et admirons plutôt ton magnifique bouclier en chêne. Tu as fait du très beau travail.

Élias la remercia, encore bouleversé. En reprenant son bouclier, une chaleur inhabituelle se propagea dans ses doigts et il le lâcha vivement. Le bouclier tomba dans l'herbe haute. Troublé, Élias le ramassa. Cette fois, rien ne se passa. Il secoua la tête comme pour chasser l'incident et rangea son arme dans son sac à dos. Yéléna poursuivit, sans même faire cas de cet étrange épisode :

— Comment te sens-tu, Élias ? Ta rencontre avec Zeus n'a pas été trop pénible ?

— Zeus ? Je ne comprends rien à vos histoires… C'est la bande d'Andréis qui me fait encore une blague de mauvais goût ?

Élias avait soudain besoin de se raccrocher à quelque chose de tangible. Au lieu de cela, il entendit Yéléna expliquer le plus naturellement du monde :

— Zeus est un peu fougueux !

Elle lança un rire cristallin, puis pointa un trou dans la chemise d'Élias.

— C'est sans doute le chemin qu'il a choisi pour te transporter à Éphoria. Les portes du temps sont encore ouvertes.

Élias posa une main sur sa poitrine tout en constatant les dégâts. Enfin, il releva la tête, en attente de réponses. La prêtresse ajouta :

— Nous allons te soigner. C'était sûrement douloureux et effrayant…

Les yeux verts et étincelants d'Élias répondirent avec éloquence.

— Hâtons-nous, dans ce cas.

En plus d'être désemparé et mal en point, Élias avait faim. Son estomac protestait régulièrement, et il était convaincu que la prêtresse l'avait entendu un million de fois déjà. Un nouveau borborygme s'exprima, profond, douloureux. Élias avait l'impression de ne rien avoir avalé depuis des semaines !

Yéléna se pencha pour récolter une grappe de vigne quatre saisons. En accompagnant son geste d'un regard indulgent, elle tendit les raisins à Élias qui s'en empara avec reconnaissance. Du jus lui coulait allégrement sur le menton, qu'il essuya du revers de la main. Il eut une pensée pour sa mère, qui ne manquait jamais de le reprendre quand il faisait ce geste ! Yéléna ne dit rien. Elle cueillait des plantes, renseignant tout simplement Élias sur leurs propriétés lorsqu'il s'informa.

— Ces végétaux poussent dans les lieux secs, sous les rayons de nos trois soleils. Ce sont des flammorianes, et elles seront très utiles pour soigner tes brûlures.

Curieusement, Élias était confiant. Yéléna continua ses confidences, d'un ton léger :

— Mes connaissances en médecine me viennent du grand Aristote. Et aussi de l'extraordinaire Pédanius Dioscoride, spécialiste en botanique médicale !

Élias, maigrement rassasié par les raisins, hocha la tête, peu désireux d'afficher son ignorance. Bientôt, la prêtresse et le jeune étranger pénétrèrent dans la cité d'Éphoria. Ils passèrent devant des boutiques construites en planches et surmontées par des auvents faits de peaux ou d'osier. Des petites lampes d'argile entassées dans des paniers d'osier, des ustensiles de toutes sortes, des amphores contenant du vin, des articles de toilette féminins et autres marchandises s'étalaient devant les baraquements.

— Nous voici tout près du palais du roi Drakéon. Les neuf terres d'Éphoria rejoignent toutes la cité. Comme tu peux le remarquer, il y a beaucoup d'activité.

En effet, Élias ne savait plus où donner du regard tellement la cité grouillait de vie autour de lui. Il fut bousculé par l'arrière-train d'un mulet qui transportait des gibiers et des volailles. Élias arrêta son pas devant un étal de lentilles de corail, de choux pommelés et d'autres légumes variés et attirants. Il reprit cependant sa route quand il se rendit compte que Yéléna n'avait même pas ralenti. Il la suivit dans les ruelles bordées de masures, pour déboucher dans un secteur où maintenant plusieurs boutiques de potiers se côtoyaient, suivies d'ateliers d'artisans du bois et du cuir. Plus loin, les marchands de viandes et de poissons firent crier l'estomac du garçon avec leurs énormes thons, espadons, sardines et même des anchois, dont Élias raffolait. Encore une fois, Yéléna ne s'arrêta pas. Déçu, mais incapable d'acheter quoi que ce soit, Élias continua d'avancer, le pas de plus en plus traînant. Enfin, la grande prêtresse stoppa tout près d'un mûrier et à l'ombre d'un immense platane :

— Voici ma maison. Elle est située dans le quartier des prêtres proches du roi Drakéon.

Avant d'accéder à la maison à deux étages, ils pénétrèrent d'abord dans la cour intérieure entourée d'un portique à colonnettes blanches. À présent dans ce qui semblait la pièce principale, Élias fouilla des yeux le riche logis, rempli de curiosité. Son regard se porta sur une mosaïque murale relatant des exploits dont il ignorait tout. Deux imposants vases peints se faisaient face sur le sol. Une simple couche de chaux recouvrait les autres murs.

— Auxane, voici Élias Sparte, l'élu manquant ! Je t'apporte également des flammorianes fraîches. Je te laisse le soin de faire bouillir les feuilles et de réduire les racines en poudre. Nous allons lui faire un cataplasme.

Auxane partit aussitôt, chargée des plantes. Yéléna se tourna vers Élias et lui proposa de se restaurer un peu, ce à quoi il acquiesça avec soulagement. Sa brûlure à la poitrine était certes vive, mais son estomac hurlait de douleur.

Enfin repu, Élias s'allongea sur un lit en bois équipé de sangles où s'étalait une natte de roseau. Il sursauta soudain quand il vit un putois déambuler dans la pièce. Auxane fronça les sourcils :

— Tu as peur des putois ? Ils sont pourtant bien utiles pour chasser les souris.

Yéléna le dispensa d'une réponse et lui demanda d'ouvrir sa chemise afin qu'elle puisse examiner sa blessure. Sa poitrine montrait un trou de deux bons centimètres. Auxane à ses côtés, la prêtresse mélangea la poudre de flammorianes avec un peu d'eau et y ajouta quelques gouttes d'huile d'olive. Enfin, à l'aide d'une feuille de chou, elle posa la mixture épaisse sur le trou et aux alentours puis fixa un bandage de lin. Yéléna expliquait à Auxane les étapes, revenant sur les points importants au besoin. Élias avait l'impression d'être un objet d'expérience. Pourtant, il ne trouvait rien à redire, heureux que l'on s'occupe de cette vilaine blessure. Il sursauta presque quand la grande prêtresse s'adressa à lui :

— Bien, Élias. Nous avons pansé l'entrée… mais il y a forcément une sortie. As-tu mal à un autre endroit ?

En toute sincérité, il avait l'impression d'avoir mal partout. Sa chute dans le buisson avait été brutale tout autant que son arrivée dans cet endroit étrange… Éphoria. Il était sûr de n'avoir jamais entendu parler d'un tel lieu.

— Concentre-toi, Élias. Je dois aussi soigner l'autre blessure laissée par le passage de la foudre… Je pourrais inspecter chaque partie de ton corps, mais je crois que tu préfères me le montrer toi-même…

Sous l'œil taquin de la grande prêtresse, Élias acquiesça, mal à l'aise. Il réalisa que son pied droit était plus sensible que le reste et, incertain, indiqua son gros orteil.

Auxane ôta la chaussette, intriguée par le tissu élastique inconnu sous ses doigts. Elle entreprit ensuite de nettoyer soigneusement le pied d'Élias, ce qui le chatouilla. Pourtant, il resta stoïque, essayant de toutes ses forces de ne pas se mettre à rire. Auxane n'y prêta pas attention ou bien elle fit semblant. C'est elle qui posa le cataplasme et le bandage sous l'œil attentif de Yéléna.

— Avec une bonne nuit, tout rentrera dans l'ordre. Demain matin, tu pourras marcher sans douleur. Auxane va t'apporter une tisane. C'est sa spécialité !

L'apprentie disparut dans la pièce d'à côté tandis qu'Élias murmurait :

— Je dors et je vais bientôt me réveiller…

Yéléna rit doucement et essaya d'apporter un peu de réconfort à son désarroi :

— Non, tu ne rêves pas, Élias Sparte ! Tu es bel et bien à Éphoria. Notre peuple avait besoin de toi. L'oracle des trois soleils n'a pu se tromper, et encore moins Zeus ! Le dieu du tonnerre est puissant. Quand la foudre traverse un mortel, peu s'en réchappent. Mais tu es là, bien vivant. Nous allons te procurer de nouveaux vêtements. Les tiens paraîtraient étranges ici…

Élias regarda sa paire de jeans et sa chemise. Il n'insista pas et décida de suivre le courant… Demain, il y verrait plus clair.

C'est Auxane qui réveilla Élias, en lui offrant une galette de froment et des figues accompagnées d'un bol de lait de chèvre. Le putois de la veille la suivait d'un air intéressé. En s'assoyant, Élias réalisa qu'il était en sous-vêtement et remonta la couverture sous son menton. Auxane se mit à rire devant son geste puéril.

— Yéléna t'a enlevé tes vêtements hier soir. Tu t'es endormi si vite…

— Où sont-ils ?

— Je l'ignore. En voici de nouveaux.

D'un bras gracile, Auxane montrait un tabouret de bois.

— Je dois enlever tes cataplasmes à présent. Allonge-toi et ne fais pas le timide.

Élias rougit jusqu'à la racine des cheveux, mais obéit en silence. Tout en travaillant, Auxane expliqua :

— Le trou est presque refermé. Mais tu resteras avec cette marque zébrée. Tu peux être fier, c'est la marque de Zeus !

— Je n'ai jamais choisi de venir ici.

Il y avait de la rancœur chez Élias. Peut-être aussi de la panique. C'est à ce moment que Yéléna arriva. Elle approcha et observa la plaie. Visiblement satisfaite, elle lança :

— Tout ceci est de bon augure… La marque de Zeus est nette et belle.

— Vous allez arrêter avec cette marque ! Je veux retourner chez moi. Je n'ai rien à faire ici…

— Je comprends, Élias Sparte. Pourtant, tu as une mission à accomplir à Éphoria avant de repartir.

Élias voulut ajouter autre chose, mais Yéléna lui mit d'autorité une coupe dans les mains :

— C'est une infusion qui accélérera ta guérison. Et maintenant, debout, tu as de la visite !

Les sourcils levés, il objecta, bourru :

— Je ne connais personne !

— Tu l'as rencontré hier…

Élias n'avait guère envie de se rappeler la veille… Encore moins cet arrogant cavalier qui l'avait menacé de son épée.

— Je ne veux voir personne. Et je dois faire une toilette, puis m'habiller ! Où est mon sac à dos ?

— Tu as tout ce qu'il faut pour tes ablutions matinales ici. Le strigile t'aidera à enlever la crasse de ton corps. Et tu as de l'huile dans ce vase. Si tu n'as pas l'habitude, Auxane peut t'aider.

— Ça ira, protesta à la hâte Élias en regardant avec une certaine réticence le grattoir.

— Bien. Tu n'auras qu'à enfiler ces vêtements sur le tabouret. Pour ton sac à dos, comme tu l'appelles, il est juste à côté, près du lit. Nous n'y avons pas touché.

Élias constata piteusement que la grande prêtresse disait vrai. Une fois seul, il se gratta tout le corps au strigile et fut surpris de ne pas trouver son contact si désagréable. Pour l'huile, dont il n'avait guère l'habitude non plus, il huma d'abord, méfiant, puis trempa le bout des doigts et en déposa de-ci de-là. Élias replaça son ruban qui enserrait sa tête et maintenait ses cheveux en place, l'esprit soucieux par ce qui l'attendait. Il s'habilla ensuite avec l'ample tunique de lin teint en rouge et le pantalon marron que ses hôtes avaient placés pour lui sur le tabouret. Une large ceinture empêchait la tunique de tomber jusqu'aux genoux. Auxane, qui était de retour, l'aida en remarquant qu'Élias se débattait en essayant de placer sa tunique.

— Te voilà prêt pour ton visiteur, Élias Sparte, celui qui a été marqué de Zeus !

Auxane savait que cette remarque agacerait Élias, mais elle n'avait pu résister. Une fossette se creusa dans sa joue droite tandis qu'elle s'éclipsait, l'œil brillant. Élias, encore surpris, n'eut même pas le temps de répliquer ! Il se retrouva dans la pièce principale de la veille où il remarqua d'autres vases et plusieurs pots de formes différentes sur des étagères.

— Ah ! Élias, viens que je te présente.

Élias se sentit soulagé de découvrir qu'il ne s'agissait pas du cavalier arrogant...

— Voici Sandros. Je m'occupe de lui depuis plusieurs pleines lunes... Lui aussi fait partie de l'oracle des trois soleils. Zeus l'a visité. Pas tout à fait comme toi. Il aura sans doute l'occasion de t'en parler... Il est natif d'Éphoria, sur les Terres Herbeuses que nous avons traversées hier... Montre-lui ton mollet gauche, Sandros, tu veux bien ?

L'écuyer découvrit son pantalon où une nette zébrure rouge apparut.

— On dirait la même marque que sur ma poitrine ! s'exclama Élias, surpris plus qu'il ne l'aurait cru.

— C'est l'œuvre de votre protecteur ! reprit Yéléna fièrement. C'est la foudre de Zeus. Je vous laisse faire connaissance.

Un peu gauche, Élias tendit la main vers Sandros. Ce dernier plongea son regard dans celui d'Élias et l'instant dura... Personne n'osa interrompre cet échange insolite dont Auxane était témoin. Élias vit distinctement les yeux bleus de Sandros virer au jaune brun quelques instants et s'en étonna. L'écuyer posa ses deux bras aux muscles déjà bien découpés sur les épaules d'Élias et lui sourit sincèrement :

— Je serai ton ami, Élias Sparte. Tu peux compter sur moi !

Un silence suivit cet énoncé solennel. Élias, mal à l'aise, se questionnait : devait-il dire quelque chose de particulier ? Un mot fraternel ? Il manquait singulièrement d'inspiration.

— Wow ! Merci ! C'est... c'est sympa !

Yéléna sourit en revenant dans la pièce. Elle en avait vu d'autres... L'impression d'avoir vécu plus que toutes les personnes réunies l'envahit. La prêtresse tendit une fiole à Sandros, qui la glissa sans commentaire dans un pli de sa tunique.

Les quatre sages à la longue barbe arrivèrent bientôt chez Yéléna. Cette fois, ils étaient chaussés de sandales de cuir, comme Auxane et la grande prêtresse. Après un salut bref, ils s'allongèrent sur le sol, le visage vers le plafond, tandis qu'Auxane alla s'asseoir sur un tabouret au fond. Yéléna fit face aux deux garçons, puis posa une main ferme sur l'épaule de chacun. Elle appuya tant qu'Élias et Sandros n'eurent d'autre choix que de plier les genoux. À ce moment, des racines surgirent de nulle part et ligotèrent leurs mollets. Ils se mirent à crier autant de douleur que de surprise... Yéléna éleva la voix dans un chant étrange. Les quatre sages reprirent la litanie, accompagnés d'Auxane. Ils continuaient tandis que Yéléna déclamait :

— Le bien-être et le salut des villageois des Terres Herbeuses, de leurs femmes et de leurs enfants, ainsi que de tous les habitants des Terres du pays d'Éphoria.

Élias et Sandros, le visage vers Yéléna en espérant une délivrance, ouvrirent la bouche de stupeur tandis que le plafond devenait flou pour disparaître complètement et dévoiler un ciel rougeoyant. Élias tressaillit quand une tête énorme apparut.

Le visage aux contours indistincts avait des cheveux de feu, aux mèches de longueurs disparates et mouvantes. Les deux yeux de braise crépitaient en se fondant tantôt dans le regard d'Élias, tantôt dans celui de Sandros... La bouche s'ouvrit pour lancer des flammèches qui, fort heureusement, s'éteignirent aussitôt. Un aigle se tenait au côté de cet être à la barbe enflammée. L'instant d'après, le plafond reprenait sa forme originale. Pour un peu, Élias aurait juré avoir rêvé. Même les liens aux mollets s'étaient volatilisés. Les garçons pouvaient de nouveau se relever. Yéléna enchaîna, les yeux luisants :

— Zeus vous a fait l'honneur de venir en personne. Soyez heureux, mes enfants… Votre route ne fait que commencer. Soyez transportés d'allégresse. Maintenant, il faudra vous montrer braves. Il y aura de grands périls sur votre route pour accomplir l'oracle des trois soleils…

— Que devons-nous faire ? questionna abruptement Sandros, fébrile et visiblement heureux d'être du nombre des élus.

— Zeus a parlé… Vous partirez ensemble. Approche, Auxane. Toi aussi, tu fais partie du voyage. Tu seras la sagesse et la lumière qui accompagnent la force et l'intrépidité. Tu feras usage de ton savoir… Et tu apprendras aussi de chaque étape.

— Yéléna, je ne suis pas prête…

— Fais bon usage de ce que je t'ai appris ! Tu peux comprendre les deux mondes… Et aie confiance en tes capacités.

Auxane allait s'opposer, mais la prêtresse leva les deux mains en V au-dessus de sa tête, tel un oiseau. Son visage se mit à briller de plus en plus intensément. Enfin, elle laissa retomber ses bras puis enlaça chaque élu un long moment. Les quatre sages à la longue barbe se relevèrent, saluèrent Yéléna gravement puis sortirent. Ils avaient tout juste prononcé trois mots !

La grande prêtresse ouvrit un rideau derrière lequel un volumineux coffre en bois était posé sur le sol. Elle en sortit un sac de toile et le donna à Auxane en murmurant :

— Cette besace a le pouvoir de garder intact son contenu. Elle a appartenu à Persée. Tu en auras besoin pour le voyage.

Dans ce même recoin, Élias remarqua des herbes qui séchaient, et encore plusieurs pots et amphores de tailles différentes sur des étagères. Ses yeux se détachèrent des objets pour pénétrer le regard violet mystérieux de Yéléna. Pourtant, dans ses pupilles, il ne découvrit qu'encouragement et force… En poussant plus loin son examen, on pouvait aussi y lire une réelle crainte…

— Partez au village des Terres Herbeuses, on vous y attend. Auxane vous accompagnera, puis elle reviendra ici. J'ai encore des détails à régler avec elle.

UN CHEMIN PÉRILLEUX

Élias traînait des pieds. Il avait récupéré son sac à dos qui avait fort surpris Sandros. L'écuyer n'avait jamais vu une telle matière ni un système aussi ingénieux. Yéléna avait hésité. Ce sac ne manquerait pas de susciter des questionnements chez les villageois. Mais au moins, Élias était vêtu comme tout un chacun.

— Prenez garde de me suivre, souffla Auxane, à l'écoute de la nature. Certains Myrmadès ne vous souhaitent pas la bienvenue.

— Des Myrmadès ? Qu'est-ce que c'est encore que ça ?

Devant la mine déconfite d'Élias, Sandros ironisa :

— D'où viens-tu donc, Élias Sparte ? Les Myrmadès font partie d'Éphoria depuis la nuit des temps. Comment peux-tu ne pas les connaître ?

— Élias vient d'ailleurs, voilà tout.

Auxane se tourna vers le jeune étranger, qui fustigeait Sandros du regard. Elle lui expliqua que le peuple des Myrmadès avait été créé par Hadès, maître du monde souterrain. Elle lui parla aussi de son frère, Zeus, qui avait créé les Myrmidons à partir des fourmis, pour repeupler l'île d'Égine, là où régnait son fils, Éaque. Hadès, jaloux, avait voulu répliquer à Zeus avec le peuple des Myrmadès.

— Ils ont des yeux rouges, de grandes oreilles noires et hideuses, pesta Sandros avec rancœur. Ils sont issus des fourmis Magnan, les plus redoutables... Ce peuple possède des mandibules qui coupent et arrachent la chair de leurs victimes.

Auxane observa Sandros, intriguée, puis continua à l'attention d'Élias :

— Sandros n'a pas tort... Les Myrmadès sont très puissants malgré leur petite taille. Ils creusent des tunnels pour se déplacer très vite.

— Ils ont quatre bras et deux jambes. Ils adorent arracher les langues ; c'est un mets de choix chez ces êtres machiavéliques.

— Ils ne sont pas tous ainsi, Sandros...

Auxane se voulait plus modérée, peut-être pour rassurer Élias. L'écuyer, devenu soudain taciturne, balança une pierre qui atterrit brutalement sur un arbre. Le chêne frémit, puis une longue plainte se répercuta dans toute la forêt. Trois femmes au corps vert tendre sortirent du boisé. Leur chevelure vert foncé en lianes tressées flottait librement. Des veinures s'entrecroisaient et semblaient irriguer en permanence ce corps végétal. Arrivées près de Sandros, deux femmes lui attrapèrent les bras tandis que la troisième se posta derrière pour le pousser vers le chêne plaintif. Ces dryades au parfum mousseux laissaient Sandros sans résistance. Pourtant, Auxane s'inquiétait :

— Avec ta pierre, tu as offensé les dryades… Tu devrais davantage respecter la nature !

— Elles sont éblouissantes. Où m'emmènent-elles ? Je les suivrais au bout du monde.

Sandros souriait béatement, posant même sa tête sur le bras de la dryade à sa droite. À cet instant, une vive chaleur se répandit dans son corps. Son bras et sa jambe de ce côté ne répondirent plus. Il serait tombé si les dryades ne l'avaient pas retenu. La peur l'étreignit et il quémanda l'intervention de la jeune apprentie, qui s'adressa aux dryades le cœur palpitant :

— Nobles protectrices des forêts et des bois, Sandros n'a pas voulu vous manquer de respect. C'est un ami et un élu marqué de Zeus. Il sera plus respectueux…

Presque aussitôt, les lamentations du chêne changèrent. Auxane écouta, les paupières closes et les paumes largement ouvertes vers le sol. Les dryades s'étaient immobilisées, leurs yeux d'émeraude posés sur Sandros qui s'interrogeait. Étudiait-on son sort ? Enfin, le chêne cessa ses sanglots déchirants. Auxane expliqua, le souffle court :

— Les dryades vont te mener à Phellogène, l'hamadryade que tu as gravement offensée… Mais parce que tu es marqué de Zeus, elles ne demandent que des excuses ! Ce ne sera pas le cas si tu commets une autre indélicatesse, impétueux Sandros.

L'écuyer, penaud, remercia Auxane tandis que les dryades l'entraînaient. Il resta bouche bée devant le corps féminin sculpté à même le tronc du chêne qu'il distinguait maintenant devant lui. Une délicieuse odeur de mousse chatouilla ses narines. Une dryade parla. Sa voix ressemblait à s'y méprendre à des feuilles bruissant sous le vent :

— Irréfléchi humain, te voici devant Phellogène, protectrice des forêts et des bois. Apprends de tes erreurs. Phellogène, comme toutes les hamadryades, ne peut circuler librement. Elle fait corps avec le chêne. Si on coupe le tronc, elle meurt avec lui... Tu lui as fait affront aujourd'hui, stupide Éphorien ! Tu lui dois réparation.

Sandros se jeta à genoux sur le sol herbeux, la tête levée vers l'hamadryade. Il découvrit le visage d'écorce de Phellogène à la beauté incomparable. Sa chevelure en feuilles arborait les teintes des quatre saisons. Sandros regretta amèrement son geste en remarquant une entaille sur le front de Phellogène. Deux larmes coulèrent sur ses joues et le surprirent. Il pensait que les larmes étaient l'attribut du faible. Furieux contre lui-même, il leva une main pour les écraser, mais les deux bras qui sortaient du tronc du chêne s'élevèrent jusqu'à son visage. Avec ses fines et agiles mains de feuilles, Phellogène lui essuya ses larmes. Sandros s'excusa en répétant par trois fois son sincère repentir. L'hamadryade hocha la tête en souriant et sa chevelure des quatre saisons brilla intensément tout en bruissant. Auxane aida Sandros à se relever puis expliqua, la voix chargée d'émotion :

— Phellogène accepte ton pardon, impétueux Sandros. Nous pouvons continuer notre route à présent.

L'écuyer hocha la tête plusieurs fois, non sans un dernier regard vers l'hamadryade aux yeux de sève, puis vers les dryades silencieuses, mais aux regards ambigus. Désireux soudain de tourner le dos à l'incident qui aurait pu se révéler dramatique, il se mit en route prestement aux côtés d'Auxane. C'est en même temps qu'ils constatèrent l'absence d'Élias.

Attiré par une musique, puis par un chant ensorcelant, Élias ne s'était pas rendu compte qu'il s'écartait et perdait de vue Auxane et Sandros. Le chant devenait plus clair. Le lac était à ses pieds. Une magnifique jeune fille volait au-dessus. Ses yeux indigo enveloppaient Élias avec insistance. Ses cheveux arc-en-ciel tombaient en boucles épaisses jusqu'aux genoux, dissimulant sa nudité… Elle continuait de chanter en s'approchant et en tendant une main à Élias. Deux autres jeunes filles survolaient le lac. L'une jouait de la lyre et l'autre de la flûte d'où sortaient des notes sublimes.

Élias s'approcha encore. Le contact avec la main de la sirène l'emporta dans une extase étrange et inconnue. Il avait l'estomac noué et pourtant, il ne voulait pas interrompre ce délicieux moment. Il avança un peu plus sous l'insistance de la jeune fille. Son pied droit pénétra dans le lac Arc-en-ciel sans qu'il réagisse...

— Il est là-bas ! Avec les sirènes...

— Elles sont en train de le séduire. Elles vont le noyer..., s'alarma Sandros, prêt à intervenir.

— Reste là, tu risques autant que lui ! J'y vais et ne touche plus à rien, je t'en conjure.

Sandros, encore honteux de s'être montré si impulsif, se contenta de hocher la tête. Les dryades, Phellogène et maintenant les sirènes, c'était beaucoup pour une journée. Il n'avait jamais eu affaire avec ces êtres, mi-femmes, mi-oiseaux. Il en avait juste entendu parler... Certains n'étaient jamais revenus après avoir rôdé dans le secteur. D'autres avaient été secourus de justesse... Sandros voyait maintenant Élias dans le lac Arc-en-ciel jusqu'à la taille...

Auxane craignait d'arriver trop tard. Elle regrettait d'avoir accepté la mission de Yéléna. Elle se sentait impuissante face aux redoutables sirènes. Pouvait-elle simplement leur demander de laisser Élias tranquille ? Les sirènes n'obéissaient pas aux prêtres et prêtresses ! Les idées les plus farfelues virevoltaient dans l'esprit d'Auxane. Sa main accrocha la besace que Yéléna lui avait confiée. Un élan de reconnaissance s'envola vers la grande prêtresse. Son essence était avec l'apprentie ! Sans plus attendre, Auxane ouvrit le sac de toile et chercha fébrilement parmi les plantes bien classifiées. La fleur d'Ouïfflette était rare et ne poussait que sur sa terre natale... Elle repéra bien vite les boules jaune et rouge et leur tige ultraviolette si particulière. Elle décrocha trois boules, mais s'arrêta soudain en sentant un silence étrange et une présence massive toute proche.

— Ne crains rien, Auxane, je ne fais que passer !

La jeune apprentie se courba aussitôt devant le roi d'Éphoria.

L'homme chauve de haute taille portait un pantalon en daim et une veste de même tissu, largement ouverte sur le devant, avec des lacets de cuir qui pendaient de part et d'autre. Des méandres bleu turquoise étaient peints sur l'étoffe. Sur ses épaules, une longue cape pourpre descendait jusqu'aux mollets. Les yeux baissés d'Auxane fixaient les lanières de cuir qui retenaient les sandales brunes du puissant Drakéon.

Enfin, le roi d'Éphoria accorda à Auxane la permission de se redresser. Elle accrocha et soutint le regard bleu nuit de Drakéon. Il ne bougeait pas, semblant plutôt s'amuser de la situation... Son visage clair et son haut front plaisaient aux femmes. Yéléna le lui avait souvent répété... Mais Auxane était bien jeune. Trop jeune. Il la voyait davantage comme sa fille, et une précieuse alliée. Il s'y employait, en tout cas. Pour l'heure, elle profitait de l'immense savoir de la grande prêtresse et c'était très bien ainsi. Il ne fallait pas précipiter les évènements.

Auxane entendit un bruit. Quand elle tourna la tête, elle remarqua le cheval noir et beige du roi qui piaffait en broutant les herbes hautes. Auxane en avait toujours eu peur. C'était sans doute cela qui lui fit réaliser le temps qui s'écoulait. Elle lança un regard rebelle vers Drakéon, surprise elle-même de son audace :

— Vous êtes là pour me faire oublier ma mission !

Drakéon esquissa un rire :

— Tu crois vraiment, Auxane ?

La jeune apprentie ne répondit pas et passa devant Drakéon pour rejoindre Élias, qu'elle découvrit dans le lac Arc-en-ciel enfoncé jusqu'à la poitrine. Elle se précipita, sous les éclats railleurs du roi.

Arrivée près d'Élias alors qu'il avait de l'eau jusqu'au cou, Auxane lui boucha le nez sans hésiter, ce qui eut pour effet de lui ouvrir la bouche. De son autre main, elle lui inséra la fleur rouge et jaune d'Ouïfflette. Avec angoisse, elle observa Élias qui avançait toujours dans le lac Arc-en-ciel. L'eau chatouillait son menton maintenant. Les trois sirènes semblaient plaindre Auxane pour ses efforts vains. Enfin, la jeune apprentie vit Élias mâcher. Son visage prit instantanément une couleur orangée. Ses yeux verts plongèrent dans les pupilles grises d'Auxane. Elle comprit qu'il s'était défait du sortilège des sirènes. Elle le contraignit à mâcher encore la fleur d'Ouïfflette tout en le guidant jusqu'au rivage. Les sirènes s'étaient détournées, montrant de nouveau leur dos d'oiseau. La musique et le chant avaient cessé.

Le chemin du retour était difficile. Le sol boueux du lac n'aidait en rien. Ils trébuchaient souvent, se retenant l'un à l'autre. Après qu'ils furent arrivés sur la berge, épuisés, Drakéon s'exclama de sa voix grave, sans un geste :

— Je vous aurais bien aidés, mais mes sandales en auraient pâti !

Auxane serra les dents. Son humeur était mise à rude épreuve. Elle travaillait fort pour harmoniser son tempérament… Les gens des Terres Glaciaires, l'une des neuf Terres d'Éphoria, avaient la réputation d'être bouillants sous des allures glaciales. Drakéon continua en lançant aigrement :

— Voici donc Élias Sparte… Curieuse allure ! Mon fils Antarès m'a parlé de lui…

Le jeune interpellé se releva avec peine. Trempé, il observa l'homme devant lui. Un frisson le parcourut, qu'il préféra attribuer au froid ambiant… Il n'aima pas du tout le ton équivoque employé par le roi d'Éphoria.

— Oui, c'est bien Élias Sparte, l'un des élus de l'oracle des trois soleils.

Drakéon découvrit Yéléna juste derrière lui.

— C'est toujours un plaisir de te voir, ma chère Yéléna.

— Je te dispense des politesses d'usage.

Ils se jaugèrent silencieusement. Ils étaient presque de même stature.

— Yéléna, ma chère, je venais m'enquérir de ta santé et discuter justement de l'oracle des trois soleils avec toi ! Ce jeune Élias Sparte est bien quelconque... J'avoue que je m'attendais à autre chose.

— Je n'en doute pas, Drakéon... Je n'en doute pas. Attends-moi un instant, nous allons bavarder comme tu le souhaites. Mais chez moi. L'endroit et le moment ne sont guère indiqués.

Drakéon se pencha légèrement, un sourire en coin. Tout le monde esquissa un geste de recul sauf Yéléna, qui demeura à l'écoute, l'esprit tranquille et fier :

— Oui, tout le monde n'a pas à connaître nos petits secrets, chère Yéléna.

Le fiel du roi se voulait un murmure. Pourtant, il s'était arrangé pour être entendu de tous. Yéléna ne changea pas d'attitude pour autant. D'un bras péremptoire, elle écarta

Drakéon de sa route. Il la laissa passer, non sans soutenir son regard dans un silence éloquent.

— Élias, tu devrais être plus prudent avec les sirènes. Je t'avais pourtant prévenu…

Sous le reproche, Élias se renfrogna, à la recherche d'une réplique acerbe qu'il ne dirait pourtant jamais, il le savait. Yéléna poursuivit :

— Ne t'inquiète pas pour ton teint orangé. Il devrait disparaître sous peu.

Dans un même mouvement, la prêtresse pivota vers Auxane :

— Quant à toi, Auxane, tu as bien agi. Tu es vive et intuitive…

— Cela n'a pas été sans mal. Mais je n'ai que peu de mérite, car s'il y a une fleur que je dois connaître, c'est la fleur de mes terres ! jeta doucement Auxane non sans un regard craintif vers Drakéon, qui ne manquait rien de la discussion.

— C'est quoi ce truc, justement ? Son goût n'est pas particulièrement agréable, intervint Élias, furieux de s'être laissé entraîner dans le lac.

— La fleur d'Ouïfflette rend certains sons inaudibles à la personne qui la mâche…

— Comme la musique et le chant des sirènes ! comprit enfin Élias en jetant un sourire reconnaissant à Auxane.

— Bien, et si nous y allions, ma chère Yéléna ? souffla Drakéon en approchant du groupe.

La grande prêtresse acquiesça :

— Poursuivez votre route, mais de grâce, écoutez les consignes d'Auxane ! Vous avez assez fait de bêtises jusqu'à présent...

Galamment, Drakéon dirigea Yéléna vers son cheval et l'aida à le monter, avant d'enfourcher l'animal à son tour. Ils partirent au galop en direction de la cité d'Éphoria.

Sandros, Élias et Auxane se remirent en marche, mais une question turlupinait Élias :

— Pourquoi votre roi n'est-il pas affecté par les sirènes ?

Il reçut des haussements d'épaules en guise de réponse. Il resta silencieux un bon moment, puis reprit :

— C'est encore long ? Je suis trempé et j'ai froid...

— Ne t'inquiète pas. Nos trois soleils auront vite fait de te sécher, tout comme moi.

Élias regretta aussitôt ses paroles et se tourna vers Sandros. Les deux garçons se découvrirent des champs d'intérêt en commun.

— Tu peux arrêter de mâcher la fleur d'Ouïfflette à présent, Élias.

Auxane observa les alentours, puis entreprit de creuser au pied d'un hêtre à l'aide d'un bâton. Elle demanda à Élias de cracher la fleur dans le trou et le reboucha. Auxane ferma les yeux en posant ses deux paumes à plat sur la motte de terre. Elle leva ensuite les bras vers le ciel pour les laisser retomber sur le sol. Elle releva encore les bras, puis les rabattit sur la motte pour aplanir la surface. Sans aucune explication, elle se releva et ils reprirent la route. Élias choisit de ne pas questionner la jeune apprentie. Quant à Sandros, il ne s'y intéressa même pas.

LE VILLAGE DE SANDROS

Élias observa les trois soleils si inhabituels pour lui. Il apprécia à sa juste valeur les chauds rayons ; ses vêtements étaient déjà secs. Il pensa à la grande prêtresse, à l'oracle des trois soleils…

— Pourquoi moi ? murmura-t-il.

— Quoi ?

Sandros attendait une explication, mais Élias lâcha simplement :

— Nous sommes arrivés au village, on dirait…

— Oui, les Terres Herbeuses.

— Pourquoi ces hautes palissades ?

— Des envahisseurs peuvent toujours arriver de la mer.

Élias hocha la tête, méditatif… Enfin, il reprit :

— J'ai la nette impression que vous redoutez votre roi, c'est étrange…

— Yéléna ne le redoute pas ! jeta Auxane qui n'avait rien perdu de la conversation.

— C'est bien la seule parmi les prêtres ! argua Sandros.

— Veux-tu bien te taire ? Et si quelqu'un t'entendait ?

Le jeune écuyer haussa les épaules. À l'entrée du village, Élias s'arrêta, impressionné par un énorme sablier tout autant que par le soldat en faction. En effet, l'homme tenait un long javelot et portait une cuirasse de bronze avec un tablier de cuir frangé qui lui retombait sur les cuisses. Ses yeux demeuraient fixés devant lui, sous un casque où une crête noire lui conférait un air plus grand que nature et surtout peu avenant. Élias n'avait jamais rien vu de tel et c'était sans compter l'imposante défense d'ivoire retenue par des piquets de bois juste à côté. Sandros, péremptoire, entraîna pourtant Élias. Tenté de se rebeller, Élias jugea finalement plus sage de suivre le mouvement.

Sandros avait mentionné que c'était le plus grand village des neuf terres d'Éphoria. Élias l'aurait volontiers qualifié de ville.

— Je vais rejoindre Yéléna à présent, murmura Auxane quelques pas plus loin.

Sandros, tu as Élias sous ta responsabilité. Et n'oubliez pas, nous devrons voyager léger…

— Pour aller où ?

Auxane souleva les épaules. Elle n'ajouta rien et partit sans plus d'attention pour eux. Les deux garçons la regardèrent passer devant le garde qui ne tourna même pas la tête. Ils attendirent un dernier salut de sa part, en vain.

— Curieuse fille !

— Glaciale, comme son peuple ! poursuivit Sandros, un tantinet mal à l'aise, car il se savait injuste envers Auxane.

— Vous êtes tous les deux d'Éphoria…

Un vague « oui oui » servit de réponse à Élias, qui continua :

— Et tout à l'heure, pourquoi voulais-tu m'éloigner si vite du garde ?

Sandros regarda autour de lui, puis murmura :

— Tu ne dois pas poser de questions quand les gardes de Drakéon sont dans le secteur.

Piqué au vif, Élias se rembrunit :

— Je ne t'en ai pas posé !

— Parce que je ne t'en ai pas laissé le temps, c'est tout ! D'ailleurs, tu as toujours plein de questions !

Ça, Élias le savait... À contrecœur, il continua pourtant :

— Mais tu peux me répondre maintenant. L'énorme sablier, à quoi sert-il ?

Sandros examina brièvement Élias puis s'exclama :

— Ton monde doit être bizarre si vous n'avez pas de sablier pour ponctuer vos journées !

Élias se mit à rire, ce qui vexa l'écuyer.

— Ne le prends pas mal...

Élias découvrit sa montre quartz au poignet et en expliqua sommairement le mécanisme à Sandros. Penaud, il se rendit compte qu'elle ne fonctionnait plus.

— C'est curieux... J'ai changé les piles il n'y a pas longtemps.

C'était au tour de Sandros de s'esclaffer :

— Comme quoi rien ne vaut un bon sablier !

Les deux garçons approuvèrent, en riant de concert cette fois.

— Tu as raison... Tout comme ces trois soleils sont plus chauds qu'un seul !

Sandros observa les trois astres, étonné du commentaire. Mais Élias revenait déjà au sablier :

— Et comment fonctionne ce gigantesque compteur du temps ?

— Comme tout bon sablier ! répondit Sandros, narquois. Mais dès qu'il est vide, les villageois entendent la défense d'éléphant résonner. Tu as dû la remarquer à côté du garde.

— Il y a des éléphants à Éphoria ?

Sandros sourit en secouant la tête.

— Non. Et heureusement ! Sinon, ils seraient tous sur les Terres Herbeuses tant l'herbe y est abondante. Cette défense fait partie d'un butin pris pendant la bataille d'Ipsos. Nous avons d'excellents navires qui sillonnent les mers...

Sandros devint silencieux, l'œil vers l'entrée du village. Élias interrompit ses pensées :

— Tu sembles soucieux.

— Moi ? Pourquoi dis-tu ça ?

— Tu as des mimiques curieuses chaque fois qu'il est question du sablier. Tu le regardes avec... une espèce de rage.

Sandros souleva les épaules puis expliqua, en baissant le ton et en observant de droite à gauche :

— Les journées de travail s'allongent... Le dernier soleil est couché depuis longtemps et le sablier n'est pas encore vide, donc la journée n'est pas finie… J'ai la sensation désagréable que Drakéon nous manipule.

Élias eut du mal à entendre l'accusation tant Sandros l'avait murmurée. Sur un ton un peu plus relevé, il proposa :

— Révoltez-vous !

Sandros ouvrit des yeux ronds :

— Garde tes idées folles pour toi ! Et ne crie pas.

— Je ne crie pas.

— Tu ne t'entends pas, alors ! Il y a des espions partout, chuchota Sandros.

— C'est un tyran, sinon vous n'auriez pas peur de lui.

— Il nous protège.

— De quoi ?

Sandros ne répondit pas. Un silence pesant suivit la discussion houleuse. Élias allait insister quand un homme apeuré courut vers lui et lui prit la main. Le pauvre bougre s'écroula, le dos percé de deux flèches. Élias se pencha vers lui, mais Sandros le tira vivement en arrière pour l'entraîner dans une ruelle proche. L'instant d'après, ils entendaient des cris. Sandros souffla à Élias :

— Les gardes de Drakéon! Antarès est avec eux... Yéléna n'aurait pas aimé qu'on se retrouve mêlés à une histoire comme ça.

— Quelle histoire? Qui est cet homme? Il est mort, n'est-ce pas?

À cet instant, Élias sentit monter un éternuement. Rien de tel pour signaler leur présence! Il se boucha le nez et réussit à se contenir. Les gardes, trop prêts à son goût, ne lui disaient rien qui vaille...

Sandros entraîna Élias au cœur du village. Le nez d'Élias continuait à l'agacer et il éternua finalement. Fort heureusement, ils n'étaient plus à portée de voix! Trois éternuements se succédèrent. Enfin, Élias se moucha, les yeux larmoyants. Les deux garçons continuèrent leur marche pour déboucher devant une maison rectangulaire, plus petite que celles du voisinage, mais construite de la même façon, en briques de terre crue. Les toits étaient tous plats. Quelques-uns étaient recouverts de chaume. Sandros poussa la porte et dévoila un intérieur d'une pièce unique sans fenêtre. Une lampe d'argile allumée en permanence et accrochée au mur éclairait deux tabourets, une table basse et un lit. Tout était en bois, sans fioriture.

— C'est étrange, il n'y a rien de personnel chez toi. Quelque chose qui te représente vraiment…

Sandros jaugea Élias longuement, puis s'agenouilla pour finalement tirer un coffre rangé sous son lit. Il l'ouvrit et sortit l'une des cruches en terre cuite qui étaient à l'intérieur.

— Voilà un objet personnel, c'est une hydrie…

Élias s'assit sur le lit et prit la poterie à trois anses entre ses mains. Admiratif, il siffla entre ses dents :

— C'est toi qui as fait ça ?

Sandros opina de la tête, l'air grave. Il avait agi impulsivement, comme pour prouver quelque chose. Il avait maintenant l'impression de se dévoiler un peu trop devant cet Élias Sparte qu'il connaissait bien peu. Pourquoi avait-il agi avec autant de désinvolture ? Élias observait la cruche à eau peinte avec une scène de la vie quotidienne. Il s'agissait d'une femme qui prenait l'eau à une fontaine à la gueule de lion. Sandros avait recouvert l'hydrie à trois anses de barbotine noire, une sorte d'argile liquide, pour le fond, puis avait tracé les silhouettes en rouge.

— Tu as du talent!

— Tu trouves ça idiot…

Élias fronça les sourcils et ajouta :

— Non! Je suis sincère. Je dessine aussi un peu, des bandes dessinées. Je suis loin d'avoir ton adresse.

Élias avait du mal à détacher son regard de la finesse des traits, de la précision de la scène.

Sandros reposa délicatement la cruche dans le coffre en bois, qu'il repoussa sous le lit. Élias éternua de nouveau plusieurs fois, puis expliqua :

— On dirait que je suis allergique à… quelque chose!

— Allergique?

— Mon nez n'arrête pas de me démanger et mes yeux picotent… Le chaume peut-être?

— Mon toit n'est pas en chaume… Il y en a très peu dans le secteur. À cause du feu.

— Tes poteries, alors?

Sandros allait aboyer quand il remarqua l'air moqueur d'Élias. Ils partirent à rire de bon cœur. Élias reprit enfin, plus sérieusement :

— En fait, je suis allergique au citron, ce qui est assez rare. Mais je n'en ai pas vu par ici...

Sandros prit une perche contre un mur et déplaça une tuile du toit, ce qui intrigua Élias :

— Qu'est-ce que tu fais ? Tu vas sortir par le toit ?

— Comment ça qu'est-ce que je fais ? Un feu, voyons. Tu ne trouves pas qu'il fait un peu frais ? Je n'ai pas les moyens de m'offrir une cheminée. Peu en ont au village, je peux te le dire.

Comme Élias semblait toujours intrigué, Sandros continua :

— Avec la tuile que j'ai déplacée, la fumée va pouvoir s'échapper.

Élias ne fit aucun commentaire. Il se rendait compte qu'il était bien loin de son monde moderne. Il laissa Sandros allumer le feu juste sous l'orifice et fut pris d'un triple éternuement.

— Auxane serait la bienvenue. Elle pourrait te donner quelque chose !

Assis sur un tabouret, Élias hocha la tête. Ses pensées se tournèrent vers le malheureux, transpercé de deux flèches.

— C'était qui, cet homme ?

— Un paysan… Piam refusait de donner son tribut à Drakéon. Il m'a confié hier qu'il avait découvert quelque chose.

— Quoi ?

— Je ne sais pas. Il devait venir me voir ce soir…

— C'était sans doute grave pour en arriver là !

Sandros expliqua encore :

— Je lui avais conseillé d'en parler à Gaïane, le prêtre des Terres Herbeuses. Il est plus qualifié que moi.

Sandros se sentait mal de ne pas avoir insisté davantage. Élias lui confia :

— Il m'a glissé quelque chose avant de s'écrouler…

Un nouvel éternuement accapara Élias. Il ouvrit finalement la main et ils observèrent le bout de parchemin.

— Il n'y a rien d'écrit dessus ! constata Sandros, déçu…

— Approchons-nous de la flamme, peut-être verrons-nous mieux.

Un meilleur éclairage ne révéla rien de plus… Sandros attisa le feu, troublé. Graduellement, des lettres apparurent sur le document, à la stupéfaction des deux garçons.

— Du citron! Il a utilisé du citron pour écrire son message…

— Voilà pourquoi mon nez me démangeait! Ce Piam était un homme astucieux.

— Il aurait dû payer son tribut à Drakéon. Cela aurait été plus judicieux que d'écrire des messages avec du jus de citron!

Sandros réalisait bien, en prononçant ces paroles, que la colère teintait son jugement. Il se pencha néanmoins sur le parchemin, au côté d'Élias, pour lire le message de Piam.

— Quand le temps s'écoule, le secret se révèle…

Un silence consterné suivit l'énoncé.

— Qu'est-ce que ça veut dire? questionna Sandros.

— Je n'en sais rien! Mais cet homme n'est pas mort pour rien. Il voulait transmettre ce message.

— Sauf que ça n'a pas de sens. Et en plus, c'est à toi qu'il l'a remis…

Sandros se sentait rejeté. Pourquoi Piam était-il allé vers Élias?

— C'est un hasard!

— Non, je ne crois pas. J'étais même plus près de lui, s'entêta Sandros. C'est bien toi qu'il a choisi ! Les dieux ont parlé et Yéléna a dit que nous étions entrés dans un cycle…

— L'oracle des trois soleils, je sais ! Je ne comprends rien à vos histoires…

— Zeus t'a marqué, tout comme moi… Tu fais partie de l'oracle, que tu le veuilles ou non. Yéléna va nous guider…

— Et qu'est-ce qu'on risque ? De finir comme ce paysan, avec des flèches dans le dos ?

— Nous devons suivre notre destin, Élias Sparte. Les dieux nous protégeront… Et Auxane sera avec nous…

Élias n'était guère convaincu. Il glissa le bout de parchemin dans la poche de sa tunique, souhaitant secrètement oublier cette histoire. Tout le reste était déjà assez compliqué comme ça.

— Viens, Élias, on va s'entraîner au combat. Tu vas me montrer ton fameux bouclier, dont tu m'as tant parlé en chemin !

— Nous ne devrions pas plutôt rester ici ? Yéléna a dit que quelqu'un devait nous attendre. Il n'y a personne…

— Justement ! Pendant ce temps, on va se détendre un peu.

Sandros semblait désireux, lui aussi, de se changer les idées. Mais comme ils étaient sur le pas de la porte, sa tante Coucou arriva. Elle les poussa presque dehors pour pouvoir entrer.

— On m'a demandé d'ajouter un lit, lança-t-elle joyeusement. Sans doute pour ce garçon.

La femme en longue tunique de couleur terre pointa Élias du menton. Sandros fit les présentations, tout en se disant que Yéléna avait déjà certainement renseigné sa tante sur Élias et sur la raison de sa présence ici. Il lui expliqua ensuite qu'ils allaient s'entraîner sur la grande place. Sandros ramassa un bouclier octogonal en bois peint posé contre le mur extérieur de sa maison. En chemin, il exhiba fièrement sa dague pour la montrer à Élias. Sandros lui confia que l'arme lui venait de son père et qu'il y tenait beaucoup. Devant le bouclier imposant et la dague de Sandros, Élias regretta tout à coup d'avoir vanté son bouclier...

LES TROIS PLEINES LUNES

Élias avait trouvé difficile le maniement de la lourde épée de bronze prêtée par Sandros. Piteux, il avait déclaré que son bouclier était bien suffisant ! Les deux garçons avaient beaucoup ri, oubliant volontiers les derniers évènements tout autant que les jours à venir. De retour chez Sandros, un prêtre en tunique blanche les attendait, assis sur un banc contre le mur. L'homme de petite taille se leva, le visage grave. Son nez et son menton étaient très allongés, comme si quelqu'un avait tiré un peu trop longtemps dessus. En revanche, ses yeux bruns étaient profondément enfoncés dans leur orbite.

— Je te salue, Élias Sparte. Je suis Gaïane, le prêtre des Terres Herbeuses.

— J'espère que vous n'attendez pas depuis trop longtemps.

Le prêtre posa un regard presque paternel sur Sandros et souleva ses frêles épaules.

— S'entraîner au combat ne peut vous nuire, vous en aurez besoin..., dit-il en guise de réponse. Maintenant, venez au temple. Nous devons procéder à votre purification. De plus, jeune Élias Sparte, il y a quelqu'un qui veut te voir.

Aucune explication ne suivit cette information surprenante. Élias se laissa mener, avec mille et une questions en tête qu'il n'osait formuler à voix haute.

Le temple possédait deux fines colonnes blanches qui arboraient chacune une statue de femme au visage recueilli et aux bras croisés. Sandros et Élias foulèrent bientôt le sol de marbre à la suite de Gaïane. Élias admira l'autel de pierre blanche rectangulaire, fait tout d'un bloc. Son œil fut attiré par un mouvement à sa droite. Éclairée faiblement par les torches, une personne se tenait immobile, un peu à l'écart.

— Nous serons dans la pièce d'à côté, Élias...

La silhouette, toute vêtue de mauve, s'avança vers le jeune étranger resté seul.

— Je suis si heureuse de te savoir ici...

Élias reçut un choc, ne pouvant croire ce qu'il entendait. Il se figea quand la femme releva la dentelle qui masquait encore son visage. Des yeux verts le fixaient intensément.

— C'est impossible ! souffla Élias, incapable du moindre geste.

La femme toucha la joue d'Élias, qui sursauta à ce contact.

— Je suis bien là, Élias... C'est une longue histoire.

— Tu es morte, maman !

— Le maître du monde souterrain m'a autorisée à venir.

— Tu ne fais pas partie de ce monde, maman. Et moi non plus !

— Je n'ai pas eu le temps de tout t'expliquer... La mort m'a attrapée avant. Je suis native d'Éphoria, Élias. Ici, c'est mon monde, et le tien aussi...

Élias était sûr que l'apparition allait s'évaporer s'il fermait les yeux assez longtemps. Il n'en fut rien, sa mère était toujours là ! De sa voix douce, elle continua :

— On m'a dit que tu avais eu affaire aux sirènes...

Elle s'esclaffa de ce rire cristallin unique. Élias, incapable de se contenir davantage, se jeta dans les bras de sa mère. En d'autres temps, il se serait cru trop grand pour de telles effusions. Ils discutèrent. Cela dura et ne dura pas tout à la fois. Troublé, Élias savait qu'elle allait déjà repartir :

— Je suis fière que tu sois l'un des élus de l'oracle des trois soleils. Je t'aime, Élias. Ne l'oublie jamais !

Élias murmurait encore un « je t'aime moi aussi » quand Sandros et Gaïane revinrent dans la pièce et le retrouvèrent à genoux, recueilli dans sa solitude.

De retour chez Sandros, les deux garçons s'allongèrent en silence. Le feu avait été éteint et la tuile remise en place. Élias ne cessait de songer aux révélations troublantes de sa mère et s'endormit sans s'en rendre compte. Sandros attendit encore un peu puis, sans bruit, se leva et sortit sous la voûte céleste, dont les trois pleines lunes éclairaient la nuit. Fait étrange, les étoiles étaient absentes pour la troisième nuit consécutive.

Qu'est-ce qui réveilla Élias ? Il l'ignorait. Il avait rêvé de sa mère, à ce qu'elle lui avait dit : « Éphoria est mon monde, et le tien aussi… » Élias se redressa dans son lit. À la lueur de la lampe à huile, il remarqua l'absence de

Sandros. Il hésita, puis sortit. Il eut juste le temps de voir l'écuyer passer l'angle d'une maison. Aussitôt, il agrippa son bouclier et le suivit, intrigué. Après tout, les lieux d'aisances n'étaient pas dans cette direction. Pourquoi devrait-il faire confiance à Sandros ? Parce que la grande prêtresse d'Éphoria le lui avait dit ? Gardant ses distances, il pista l'écuyer. Se pouvait-il que Sandros soit un espion à la solde de ce terrible Drakéon ? Sandros escalada la palissade qui cernait le village. Élias devait-il continuer à le suivre ? Oui, décida-t-il. Il la franchit néanmoins plus difficilement et constata qu'il s'était fait distancer… Sous les lumières généreuses des trois lunes, il repéra malgré tout la silhouette de Sandros qui gravissait une colline. Élias, courbé, se mit à courir pour éviter de le perdre. Hormis quelques grillons qui chantaient, parfois interrompus par les coassements des grenouilles, la nuit était silencieuse. Personne ne semblait rôder… Sauf les deux garçons.

Sandros s'arrêta enfin. Élias eut juste le temps de s'écraser au sol pour ne pas être repéré. Sur le mont Tamaros, Sandros s'agenouilla face au chêne sacré tandis que les boucliers et vases d'airain murmuraient des secrets dans l'air frais de la nuit. Élias se redressa pour mieux observer.

Sandros sortit la fiole remise par la grande prêtresse. Il creusa le sol avec sa dague de fer, puis versa quelques gouttes. Il reboucha consciencieusement le trou et se releva, la fiole en main. Élias constata que les boucliers et les vases ne bougeaient plus ! L'écuyer présenta la fiole à la première pleine lune, puis retourna au sol pour poser la petite bouteille sur la terre. Il reprit ces gestes pour les deux autres lunes. Enfin, il but le contenu de la fiole. Il courut aussitôt autour du chêne, tandis que les boucliers et les vases se remettaient en mouvement dans un son mat. Les feuilles du chêne bruissèrent, remplissant la nuit d'une musique étrange. Après douze tours — Élias les avait comptés —, Sandros creusa encore le sol et y enfouit la fiole. Il refit douze tours, en sens inverse.

Élias envisageait de rentrer lorsqu'il remarqua un énorme serpent qui l'observait de ses yeux jaunes. Ses écailles vertes et lisses brillaient sous les trois pleines lunes. Élias allait le frapper à la tête avec son bouclier, quand le reptile s'éloigna entre les herbes hautes. Le cœur palpitant, Élias sursauta en découvrant soudain Sandros devant lui, qui lui reprochait de l'avoir suivi.

— J'étais inquiet pour toi, se justifia Élias, mal à l'aise. As-tu vu ce serpent ?

— Il y en a beaucoup qui rôdent dans le secteur...

— Qu'est-ce que tu faisais ? Qu'est-ce qu'il y avait dans cette fiole ?

— Rien... Un rituel que je devais accomplir pendant trois nuits. C'est fini ! Nous venons d'avoir trois pleines lunes consécutives. Yéléna sait comprendre ces phénomènes célestes, tout comme les éclipses ou encore quand les trois soleils montent en même temps dans le ciel pour annoncer l'oracle...

— ... des trois soleils, compléta Élias.

Sandros hocha la tête gravement. Il était soulagé d'avoir pu détourner la conversation. Il ne voulait pas parler du rituel en détail...

— Rentrons... Nous devons nous reposer.

Ils repassèrent la haute palissade, puis se tapirent brusquement dans l'ombre. Un bruit ! Ils remarquèrent le garde du roi en train d'ouvrir l'énorme sablier.

— Qu'est-ce qu'il fait ? chuchota Élias.

— Je ne sais pas. Il ne devrait même pas être là durant la nuit !

Le garde déversa le contenu d'un petit sac dans le sablier puis le referma. Il repartit en jetant un regard circulaire.

— Un peu plus et on se faisait prendre !

— Nous venons d'avoir la preuve que le sablier est trafiqué ! jeta lugubrement Sandros.

— Pas étonnant que vous trouviez que le temps s'écoule plus doucement…, commenta Élias.

— Et je suis sûr qu'il obéit aux ordres de Drakéon… Eh ! mais qu'est-ce que tu viens de dire ?

Élias fronça les sourcils, mais Sandros continua :

— Tu as dit « le temps s'écoule ».

Ils s'observèrent et Élias comprit aussitôt ce que Sandros voulait dire :

— Le parchemin de Piam ! « *Quand le temps s'écoule, le secret se révèle…* »

Élias et Sandros contemplèrent le gros sablier, sûrs de comprendre l'énigme du malheureux paysan à présent !

●●●

Mais ils n'étaient pas les seuls sous les trois pleines lunes. Antarès était là ! C'était fortuitement qu'il s'était retrouvé au village si tard. Il rentrait quand il avait aperçu le garde. Il avait ri intérieurement de la crédulité des habitants des Terres Herbeuses. Il avait songé à interpeller l'homme pour qu'ils rentrent ensemble. Antarès avait finalement changé d'avis. Il aurait dû expliquer sa présence et il n'y tenait guère. Le garde aurait sans aucun doute informé son père. Drakéon était généreux quand il s'agissait d'informations, même si ces informations concernaient son propre fils... Une fois le garde parti, Antarès s'apprêta à sortir de sa cachette, mais s'arrêta net en repérant deux silhouettes qui s'approchaient du sablier. Il les reconnut sans peine et s'immobilisa pour mieux écouter :

— Comment révéler le secret ?

— En cassant le sablier !

— Tu es fou ! On va se faire arrêter, éructa Sandros, les yeux exorbités.

— Il n'y a personne. Et Yéléna nous protège.

— Elle ne pourra rien faire si nous sommes pris en train de briser le sablier !

— On ne se fera pas prendre, c'est tout ! assura Élias.

— Cela va faire un bruit épouvantable…

Ils avaient l'impression d'être de nouveau dans l'impasse.

— Et si on le vidait…, commença Élias, plein d'espoir.

— … pour remettre le sable ensuite à l'intérieur…, termina Sandros. Ça pourrait fonctionner, en effet.

— Je vais étendre ma tunique sur le sol ; on déposera le sable dessus, décida Élias.

Le sable s'accumula en monticule sur le vêtement, puis bloqua brusquement. Il y en avait pourtant encore à l'intérieur.

— Il y a quelque chose qui coince…

Élias passa deux doigts dans l'orifice, entraînant la chute de plusieurs grains. Sandros s'impatienta derrière lui, mais Élias restait concentré et silencieux. Enfin, tout sourire, il présenta un bout de papyrus à Sandros.

— Et voilà le travail, mon cher !

— Qu'est-ce qu'il y a dessus ?

— Nous devons d'abord remettre le tout en place, Sandros. Inutile de vider complètement le sablier.

Ils s'attelèrent à la tâche, non sans peine. Remettre le sable était malaisé. Au dernier tas, Sandros arrêta Élias en lui prenant le bras.

— Puisque Drakéon ajoute du temps de travail, nous pouvons bien en enlever!

Les deux garçons répandirent le reste et foulèrent le sol pour mélanger la terre au sable. Un nuage de poussière s'éleva.

Antarès faillit tousser en avalant malgré lui une goulée d'air sableuse. Il attendit un moment après le départ d'Élias et Sandros, puis escalada la palissade. Il récupéra son cheval et chevaucha vers la cité d'Éphoria. Le réveil de son père se révélerait fort agréable, il en était convaincu... Il ne songerait même pas à demander à son fils ce qu'il faisait là à cette heure tardive.

Comme de fait, très tôt le lendemain, Drakéon arriva au village des Terres Herbeuses accompagné d'Antarès et d'une poignée de gardes. Seul le premier soleil avait commencé son ascension. Le garde prenait tout juste son poste quand il reçut l'ordre de laisser le sablier en place. Il s'agissait d'une affaire importante, car le roi portait son casque en bronze doré. De chaque côté, des ailes d'aigle étaient déployées, prêtes à fondre sur ses proies. Il arborait aussi une longue épée, glissée dans un fourreau, sa main droite reposant machinalement sur la poignée de cuir. Accrochée au flanc du cheval, une longue hampe de bois peinte en rouge et jaune se terminait par un aigle en bronze doré, comme le casque.

Le garde se jeta au sol. Drakéon lui ordonna de se relever et de sonner l'appel. Les villageois se présentèrent à la hâte. On n'avait pas recours à la défense d'éléphant impunément en dehors des heures de travail. Encore à cheval, le roi harangua son peuple :

— Cette nuit, le sablier a été pillé !

Après un silence, les murmures enflèrent rapidement. Le roi poursuivit :

— Je connais les coupables ! J'ai un témoin... Sandros, Élias Sparte, avancez !

Les villageois s'écartèrent d'un même mouvement. Les deux garçons, perdus dans la foule l'instant d'avant, se retrouvaient subitement isolés et à la vue de tous ! Sandros sentit ses jambes faiblir et pensa qu'Élias ne devait guère se sentir mieux... Un homme à la grosse moustache brune s'avança ; c'était le démarque du village. Il se courba précipitamment puis s'adressa au roi :

— Personne n'oserait agir contre votre volonté. Vous êtes notre maître et protecteur. Il y a sûrement une explication. Qui est votre témoin, grand Drakéon ?

— Tu es bien brave, Fardios, pour intervenir et tenter d'aider ton neveu Sandros. Mais mon témoin est Antarès !

Le fils du roi descendit de cheval et brandit une flèche au bel empennage blanc. Il l'abaissa violemment en criant :

— Voyez sur le sol, il y a un mélange de sable et de terre ! Il s'agit des grains du sablier du temps !

Des exclamations fusèrent de toute part. Les regards incrédules des habitants des Terres Herbeuses se posèrent sur Sandros, puis de plus en plus sur Élias, l'étranger ! Fardios reprit :

— C'est Élias Sparte qui a dû pousser mon neveu à ce geste inconsidéré, grand Drakéon. Qui est-il, d'ailleurs ? Personne ne le connaît, ici.

Le roi sentit la peur qui s'installait chez les villageois, cette peur qui pousse à accuser quiconque à tort pour sauver sa propre peau.

Il rit exagérément, afin d'apporter davantage de mépris à ses propos.

— Yéléna prétend que c'est un élu, railla-t-il. Que c'est Zeus qui l'a envoyé...

Les villageois devenaient indécis tout à coup. Ils détestaient se retrouver entre le roi et la grande prêtresse. Drakéon dut le sentir, car il continua, tout en descendant doucement de sa monture :

— Nous ne serons pas trop sévères avec ce nouveau venu si Zeus le protège.

Des approbations timides se firent entendre. Le roi arrêta son pas devant Fardios et expliqua :

— Nous devons néanmoins les châtier. Approchez, jeunes gens !

Élias et Sandros s'exécutèrent en traînant des pieds.

— Il y avait un papyrus dans le sablier, m'a-t-on dit.

De nouveau, la foule se fit entendre. Drakéon stoppa le brouhaha en levant un bras impétueux.

— Gardes, fouillez-les !

Élias songea à fuir, mais il y avait Sandros. Et d'ailleurs, où aurait-il bien pu aller ? Bientôt, le document fut découvert dans la poche du jeune étranger. Élias, furieux de s'être laissé avoir aussi facilement, allait accuser publiquement Drakéon d'ajouter du sable dans le sablier quand une cavalcade se fit entendre. Un petit cheval ailé tantôt jaune, tantôt gris apparut à la porte du village. Sa longue crinière blanche tombait bas sur l'encolure.

— Je n'ai jamais cru à la légende de Pégase ! souffla Élias, abasourdi par cette apparition.

— Oh ! Auxane nous fait la grâce de sa présence... Mais ses capacités de prêtresse restent à travailler. Sa robe jaune rayon de miel semble bien hésitante.

À peine Drakéon avait-il émis ce sarcasme qu'un second cheval ailé, plus grand et d'un blanc extraordinaire, faisait son apparition. Sa crinière argentée ne laissait aucun doute : Yéléna venait d'apparaître sous les traits d'un descendant du mythique Pégase ! Il déploya ses magnifiques ailes en hennissant et se cabra, faisant reculer les villageois. Le fabuleux cheval retomba sur ses sabots et avança vers Drakéon, la tête haute. Le roi ne bougea pas, se laissant même frôler par la superbe bête.

LE CHÂTIMENT

Le cheval blanc se cabra encore, juste devant Drakéon, le dominant largement. Enfin, il repartit au grand galop, suivi par le petit cheval ailé à la robe tantôt jaune, tantôt grise. Les villageois observèrent les chevaux s'envoler dans le ciel azuré. Les malheureux ne savaient pas que penser de cette manifestation déroutante. Drakéon posa tranquillement son regard sur chacun avant de reprendre la parole :

— Yéléna est venue elle-même confirmer mon jugement. Vous l'avez tous vue ! Vous avez confiance en votre grande prêtresse, n'est-ce pas ?

La population acquiesça à la hâte, heureuse de se ranger à l'avis du roi. Au même moment, le sol se mit à trembler. De longues oreilles noires et boutonneuses apparurent, suivies de deux têtes en forme de trapèze affichant d'énormes yeux rouges. À la vue de ces êtres horribles, les habitants poussèrent des cris horrifiés. Les créatures se tenaient debout à présent, agitant quatre bras agiles munis de pinces. Ces êtres étaient identiques, bien que l'un d'eux portât une armure brune et un heaume noir et que ses deux oreilles fussent affublées d'une touffe de poils rouges. Leurs pinces claquaient inlassablement dans un bruit sec.

— Les Myrmadès ! Fuyons ! Ils veulent nous arracher la langue…

Certains commençaient à reculer ou à s'enfuir. D'autres, cloués sur place, murmuraient :

— On dit qu'ils ont une force prodigieuse…

Drakéon mit fin au tapage ambiant :

— Vous n'avez rien à craindre. C'est Sandros et Élias qui sont visés, regardez !

En effet, les deux Myrmadès avaient attrapé les chevilles des deux garçons et les tiraient vers les trous qu'ils avaient formés en arrivant. Élias et Sandros tentaient de s'agripper, mais le sol se révélait dépourvu de la moindre saillie. Des perles de sang commençaient à couler là où les pinces les enserraient. Cette fois, même l'oncle de Sandros ne tenta rien pour retenir son neveu… Sa femme détourna les yeux devant la scène. Coucou aimait tendrement Sandros et le voir disparaître aux mains des terribles Myrmadès lui était insupportable. Elle aurait préféré le châtiment de Drakéon. N'avait-il pas affirmé qu'il ne serait pas trop sévère ? La voix du roi retentit de nouveau, alors qu'on ne voyait plus que la tête et les mains des deux garçons :

— Le jugement est tombé… Les Myrmadès, si peu portés à sortir au grand jour, sont venus les chercher…

Sandros et Élias disparurent. Leurs hurlements devenant graduellement des échos, qui s'éteignirent finalement pour laisser un lourd silence planer.

— Que va-t-il leur arriver ? risqua Fardios en jetant un regard téméraire au roi.

Drakéon eut un rictus difficile à interpréter. Il remonta prestement à cheval et lança :

— Vous connaissez les Myrmadès ! Ils décideront de ce qui est juste. Et maintenant, le travail vous attend. Garde, occupez-vous du sablier et assurez-vous qu'un tel incident ne se reproduise plus.

Quelques audacieux consultèrent le sablier qui venait d'être retourné, puis le ciel, où le deuxième soleil venait à peine de commencer son ascension. Personne n'osa formuler sa pensée. Drakéon tira sur les rênes tandis qu'Antarès remontait à cheval, visiblement satisfait.

• • •

Dans l'étroit tunnel, la glissade infernale se poursuivait. Élias et Santos se débattaient entre les pinces des Myrmadès. Les chocs contre les parois étaient brutaux. Non sans difficulté, Sandros réussit à sortir sa dague. Toutefois, il n'était pas dans une posture lui permettant de porter un coup à son assaillant... Et de toute façon, même s'il réussissait à se défaire de l'emprise du Myrmadès, il y avait Élias. Il ne pouvait le laisser tomber. De son côté, Élias avait le bras droit complètement replié en arrière, là où son bouclier était maintenu. Son épaule devenait douloureuse et il craignait d'entendre ses os se disloquer à tout instant !

— Cette descente ne finira donc jamais ! hurla Sandros, au désespoir.

Résultat de sa requête ou pure coïncidence, lui et son ami se retrouvèrent de nouveau à l'air libre. Ils se relevèrent, les chevilles douloureuses et ensanglantées. Tout en reprenant leurs esprits, ils découvrirent avec horreur qu'ils se trouvaient dans la colonie des Myrmadès... entourés de terre, de gigantesques montagnes de terre circulaires : ils étaient au fond d'un cratère ! Impossible aux deux amis de voir les alentours. Seul un immense rond de ciel bleu, presque arrogant, s'offrait à leur vue ! Des centaines de pupilles rouges fixaient les nouveaux venus d'un air féroce. L'endroit était vaste, plutôt sombre, surtout à l'ombre des couloirs qui partaient en tous sens... Ni Élias ni Sandros n'avaient envie de savoir où ils conduisaient.

Les deux garçons étaient en piteux état et leurs chevilles semblaient en attirer certains qui claquaient leurs mandibules, les yeux avides à la vue du sang. Élias et Sandros se mirent dos à dos, prêts à les affronter. Un Myrmadès s'avança. Sandros brandit sa dague, les jambes bien campées sur le sol. Contre son dos, il sentait le sac à dos d'Élias. Il imaginait sans peine son ami dans la même position et tenant fermement son bouclier…

— Bi fikok fiafbi di suok fej luaj kuarwih… idtod, fej idruhi.

Le Myrmadès venait d'ouvrir largement ses mandibules pour prononcer ce qui semblait être une phrase. La déclaration résonna dans le cratère. Élias fronça les sourcils. Il ne comprenait rien ! Irrité, il pencha la tête en arrière et murmura à Sandros :

— Qu'est-ce qu'ils nous veulent ?

— Il dit que le petit peuple ne doit pas nous toucher… Enfin, pas encore.

— Tu comprends vraiment ce qu'il dit ou tu fais semblant ?

Sandros choisit de ne pas répondre et attendit, toujours attentif aux gestes des Myrmadès.

— Duaj rucfkudj jah luaj fuah errucfboh ri gao e iki sok sedj b uherbi sij khuoj jubiobj…

— Vous connaissez l'oracle ?

Élias s'impatientait. Il avait l'impression d'être le seul à ne rien entendre et de fait, c'était le cas ! Aurait-il mâché trop longtemps la fleur d'Ouïfflette ? Rageur, il réclama une nouvelle traduction à Sandros qui s'exécuta, de mauvaise grâce :

— Ils disent qu'ils comptent sur nous pour accomplir ce qui a été dit dans l'oracle des trois soleils...

— Quoi ? Eux aussi sont concernés ? Je commence à en avoir assez de votre monde ! Je préfère retourner chez mon grand-père. Il n'est peut-être pas commode, mais au moins, je ne risque pas d'y rester !

— Arrête un peu de geindre ! Tu m'as avoué ce matin que ta mère était née à Éphoria. De toute façon, tu es coincé ici, tu n'as pas le choix.

Élias allait répliquer quand il se rendit compte que Sandros avait raison. Et de surcroît, la situation ne se prêtait guère à une dispute, surtout qu'une créature avançait vers eux. Elle était un peu différente, mais pas quant à sa laideur, oh non ! Elle était aussi affreuse, indéniablement ! Ce Myrmadès possédait trois oreilles au lieu de deux, longues, boutonneuses et d'un noir de jais. Elles étaient tressées autour d'un fil d'or qui s'élargissait au-dessus de la tête pour former une ombrelle. Celui qui était le chef, sans aucun doute, portait une tunique d'un blanc éclatant qui faisait mal aux yeux sous les soleils. Élias et Sandros s'étaient positionnés côte à côte à présent, conscients que le danger semblait écarté, en tout cas provisoirement. Le chef leva une pince vers deux Myrmadès qui l'accompagnaient et ces derniers déposèrent leur charge, un sac, sur le sol devant les deux garçons. Le Myrmadès à l'ombrelle d'or s'approcha et les toisa longuement de ses pupilles rouges.

Élias, à sa grande surprise, soutint son regard, désireux soudain de le défier. Après tout, si ce peuple avait voulu les tuer, c'en serait déjà fini d'eux... Le chef ouvrit le sac dans un silence complet. Seul le vent poussait sa complainte, faisant glisser un peu de terre sur les façades de la colonie. Puis un bruit, très faible, s'amplifia rapidement. Même Élias l'entendait distinctement. De la musique ! Une musique émanant d'un instrument inconnu de lui. Ce n'était pas désagréable. En revanche, il aurait été incapable d'en indiquer la provenance. La musique continuait tandis que le Myrmadès aux trois oreilles déposait devant Élias et Sandros trois objets qu'il avait extraits du sac.

— Luoro sij ehcij fuah luaj si be fehk si dukhi rubudoi, fuah luaj eosih.

Cette fois, Sandros répéta la phrase sans se faire prier :

— Il dit que ces armes sont pour nous de la part de leur colonie. Pour nous aider. Attends, il n'a pas fini...

Et de fait, le chef leva quatre pinces comme autant de menaces :

— Luaj di silip rwuojoh ga adi ehci fehco rij khuoj be fuah etthudkih be fhicoihi ifhiali.

— Qu'est-ce qu'il raconte encore ? Il veut qu'on se batte en duel avec un de ses meilleurs guerriers ?

— Non... Il dit qu'on doit choisir une arme parmi les trois proposées pour affronter la première épreuve...

— Comment ça, la première épreuve ? Et combien doit-on en faire avant d'en finir avec cet oracle des trois soleils ?

Sandros haussa les épaules. Élias bougonna encore :

— On va finir par y rester. Je ne suis pas un guerrier, moi !

— Moi non plus, tu sauras... Même si je manie mieux l'épée que toi !

La boutade voulait détendre l'atmosphère. Il n'en fut rien.

— Duaj luaj beojjudj rwuojoh... Fhidip vehsi... Rwuojojjip xasoroiajicidk !

Élias et Sandros se retrouvèrent seuls après cette dernière phrase.

— Je suppose qu'ils attendent qu'on choisisse et qu'ils vont revenir ensuite ? C'est ça ?

Sandros approuva.

— Comment se fait-il que tu arrives à les comprendre ?

La suspicion naissait chez Élias. Sandros n'avait guère envie de s'expliquer. Plus tard... Peut-être plus tard...

— Et si on faisait notre choix, plutôt ?

Les deux captifs considérèrent les objets, sans conviction. Le premier était un boomerang en bois qui se révéla particulièrement tranchant quand Sandros glissa un doigt le long de la lame externe. Il le délaissa pour prendre une corde de chanvre, longue et solide.

— Cette corde me paraît un bon choix...

— Et que dis-tu de ces pointes courtes ? Ces armes seraient parfaites pour nous défendre.

Sandros reporta son attention vers les deux armes :

— Ce sont des glaives en fer. Et il y en a deux…

— Un pour chacun !

Les deux amis se regardèrent. La même idée venait de les traverser… et ils lâchèrent vivement les deux armes.

— C'est un piège ! Ils veulent qu'on choisisse ces glaives. C'est évident !

— Je suis d'accord. Pourtant, ce n'est pas dans leur intérêt. Enfin, je crois…

Sandros reprit l'un des glaives dans une main, puis expliqua :

— Les Myrmadès n'ont pas pour habitude d'aider mon peuple. Certains ne nous causent jamais d'ennuis, c'est vrai. Mais d'autres sont particulièrement dangereux.

— Ceux-là te semblent-ils de notre côté ?

— C'est peut-être ce qu'ils veulent nous faire croire…

Les glaives retrouvèrent encore une fois le sol. Les deux garçons étaient bien embarrassés. Ils regardaient tour à tour les trois objets proposés. Ils savaient qu'une décision devait être prise.

— La sagesse d'Auxane nous serait bien utile… Ou Yéléna ! murmura Sandros, dépité.

— Elles ne sont pas là ! On doit trancher.

— Si seulement on savait ce qui nous attend…

Un lourd silence suivit. Ils tâtèrent les armes encore et encore. À un moment, ils se penchèrent sur le même objet et la tête d'Élias cogna celle de Sandros. Ils se regardèrent dans les yeux.

— C'est un signe, Élias ! Nous devons choisir la corde de chanvre. Nous voulions la prendre en même temps.

— Une corde, c'est pratique…

Le manque d'enthousiasme était évident. Mais ils étaient d'accord.

— Tu crois vraiment qu'on n'a pas le droit de prendre les autres ?

Sandros confirma en tendant la main vers le sol. Élias comprit sans peine. Le boomerang ainsi que les deux glaives de fer avaient disparu. Quelques Myrmadès revinrent avec le chef et celui aux oreilles terminées par une touffe de poils rouge.

— Tous les choix étaient bons, jeunes gens… Mais peut-être regretterez-vous les autres armes au moment de subir les épreuves...

Sandros avait traduit aussitôt les paroles et Élias lui en fut reconnaissant. Le chef précisa qu'ils devaient prendre le chemin de droite pour sortir. Les deux garçons remarquèrent qu'il conduisait au sommet. Élias rangea soigneusement la corde de chanvre dans son sac à dos. Un léger doute subsistait dans son esprit. Finalement, il suivit Sandros. Ils sentaient tous deux les regards des Myrmadès sur eux. Ils avancèrent pourtant sans se retourner, le dos voûté pour mieux gravir la pente abrupte. Après quelques glissades maladroites, ils arrivèrent au sommet du cratère pour découvrir une vaste étendue herbeuse. Fatigués, ils continuèrent pourtant d'avancer, désireux de s'éloigner le plus possible de la colonie.

— Et où va-t-on maintenant ? questionna Élias. Nous n'avons même plus le papyrus que nous avions trouvé dans le sablier...

— Je peux le reproduire de mémoire.

— Vraiment ?

Élias repensa à la cruche que Sandros lui avait montrée. Il se mit à chercher aux alentours puis avança d'un pas décidé vers un arbre. Sans hésiter, il arracha un large morceau d'écorce.

— Prends garde de faire souffrir la nature, Élias Sparte ! avertit Sandros, les yeux exorbités...

L'écuyer avait encore en mémoire l'épisode cuisant de Phellogène ! Élias, devant l'air épouvanté de son ami, regarda l'arbre puis le bout d'écorce qu'il tenait dans la main. Sandros se contenta de sortir sa dague de fer, prêt à se défendre. Pourtant, aucune dryade ne se présenta. Le tronc semblait être un tronc banal, sans hamadryade pour l'animer... Ils s'installèrent sur l'herbe, heureux de faire une pause. L'écuyer se concentra sur sa tâche sous le regard attentif d'Élias. Ce dernier put constater par lui-même que son ami était très adroit. Avec la pointe de la dague, un dessin prenait forme dans l'intérieur lisse de l'écorce.

— Eh ! Cela ressemble vraiment à ce qu'il y avait sur ce papyrus...

— Tu vois ! Drakéon ne pourra pas nous empêcher d'accomplir notre mission.

Encore quelques précisions, puis Sandros et Élias furent en mesure d'admirer l'œuvre.

C'est ce moment que choisit Auxane pour arriver derrière eux. Ils sursautèrent quand elle leur demanda de voir la carte.

7

LA CARTE

Les yeux gris d'Auxane allaient de l'écorce de l'arbre aux deux garçons et vice-versa. Élias et Sandros attendaient un commentaire. Comme rien ne venait, Sandros jeta, impatient :

— Je ne reconnais rien. Nous n'avons pas de montagnes comme ça sur les Terres Herbeuses.

— Tu as du talent, Sandros, c'est sûr, et la carte ressemble bien à ce dont je me souviens…, commença Élias.

Son ton et sa phrase laissée en suspens indiquaient qu'il cherchait ses mots. Sandros leva un œil froncé vers lui. Élias poursuivit, en prenant garde d'offusquer son ami :

— Mais peut-être que tu as oublié quelque chose, ou mal reproduit un ou deux éléments… Tu sais, la mémoire…

Sous le commentaire, Sandros balança l'écorce par terre devant lui… Mais en voyant son dessin sous une autre perspective, il réalisa qu'Élias avait peut-être raison. Il reprit l'écorce et ajouta un détail, qui se révéla loin d'être insignifiant.

— Cette fois, je crois que c'est fidèle !

— Tu veux dire qu'on ne tenait pas la carte dans le bon sens ?

— Tout juste ! Ce que je prenais pour des montagnes, c'était de l'eau en fait ! Je reconnais le lieu, maintenant.

Sandros leur montra la carte, dans le bon sens cette fois. L'excitation gagna aussi Élias. Il tournait et retournait l'écorce, cherchant une faille à la théorie de Sandros. C'est Auxane qui confirma et prit à son tour la carte dans sa main. Puis, elle posa l'index au bas de la carte :

— Ici, Sandros a parfaitement reproduit un cercle pour les quatre vents directionnels.

— Depuis toujours, les marins d'Éphoria utilisent les vents pour naviguer, précisa Sandros, tout content.

— Tout à fait ! Le maître des vents est Éole. Parmi les quatre vents directionnels, il y a Borée, le vent du nord, qui est le souffle froid et violent de l'hiver. Zéphyr apporte ses brises légères du printemps avec le vent de l'ouest.

— Je connais bien Notos, affirma Sandros, mon père m'en parlait souvent. Notos déclenche les tempêtes de pluie de la fin de l'été. C'est un vent du sud.

— Et le dernier est Euros, le vent de l'est, avec ses tempêtes de pluie de l'automne.

— Alors, si on se fie à ces informations et à la carte, nous devons traverser le lac Arc-en-ciel...

Élias faillit faire répéter, mais Auxane ne lui en laissa pas le temps :

— Il faudra être prudent, Élias. Nous avons déjà utilisé une bonne partie de la fleur d'Ouïfflette. Tu devras traverser le lac sans perdre de temps.

— Je suis bon nageur..., répondit Élias, pas très sûr pourtant de tenir le coup sur une telle distance. Et Sandros ? Il est sourd au pouvoir des sirènes ?

Le jeune interpellé faillit sortir une réplique fleurie comme quoi les filles ne lui faisaient aucun effet, mais il se sentit rougir alors même que ses lèvres n'avaient pas encore formulé la phrase. Le regard gris brillant d'Auxane l'avait presque électrisé. Il bomba le torse, désireux de se montrer brave, et expliqua simplement :

— Je traverserai sans encombre. J'ai bu les fioles de Yéléna pendant trois lunes pleines.

— Vas-tu enfin me dire ce qu'il y avait dedans ? s'impatienta Élias.

Sandros fixa Auxane qui semblait s'amuser follement tout à coup. Enfin, il souleva les épaules et jeta :

— De l'urine…

— Tu plaisantes ?

Élias plissait déjà le nez de dégoût quand Auxane intervint :

— L'urine possède de grandes propriétés, surtout l'urine animale… Mais laissons cela pour l'instant. Je voudrais soigner vos blessures. Ensuite, nous nous mettrons en marche avant que les soleils descendent. Les Myrmadès sont encore trop près à mon goût…

— Ils nous ont fait choisir entre trois armes… Tu n'étais pas là. On a opté pour la corde…

Auxane ne s'y intéressa même pas et inspecta plutôt leurs plaies. Tout en posant un cataplasme d'argile verte sur leurs chevilles, elle précisa que les grands prêtres d'Éphoria, dont Yéléna et les anciens des Myrmadès, s'étaient réunis longuement. Elle ajouta que les prêtres avaient réussi à faire intervenir la colonie de façon active dans l'oracle des trois soleils.

— Ils ont compris qu'ils devaient agir sous peine de voir notre monde s'effondrer.

D'une voix lugubre pourtant, elle lâcha que certains Myrmadès étaient partis très mécontents en proférant des menaces. Le nom de Drakéon avait circulé à plusieurs reprises.

— Le roi détient la carte originale !

— Et il n'a sans doute pas fait la même erreur d'orientation.

— Hâtons-nous alors avant qu'il nous devance...

— Je vais d'abord appliquer de l'arnica sur vos bosses pour les faire disparaître. Cela vous permettra de cicatriser plus vite et vous redonnera des forces.

Le trio se mit enfin en route, l'esprit sombre toutefois. Ils ignoraient ce qui les attendait, mais étaient convaincus qu'Antarès ou Drakéon se trouveraient non loin. À la tombée du dernier soleil, la décision de s'arrêter fut approuvée à l'unanimité. Sandros alluma un feu qui éclaira son regard bleu tirant sur le jaune-brun. Élias resta un instant à observer ce phénomène, puis se hâta d'aider Auxane pour cueillir des baies dont elle ne cessait de vanter les mérites. Les garçons auraient préféré une bonne viande grillée ou du poisson. De toute évidence, il n'en serait pas question, pour l'heure en tout cas, d'autant qu'Auxane ne semblait pas tellement priser la chair animale…

La soirée s'acheva avec des histoires que chacun puisa dans son répertoire tout en dégustant une tisane à la camomille concoctée par Auxane. Même Élias s'aventura dans des légendes qu'il avait lues dans ses livres d'histoires — matière qu'il adorait — et enchanta littéralement son maigre auditoire. Les trois élus s'allongèrent à même le sol et ils s'endormirent sous les sons nocturnes des alentours.

Un bruit réveilla Élias. Quelque chose avait bruissé. Les trois demi-lunes n'aidaient guère à percer la pénombre. Élias regretta les lampadaires de son époque. Il essaya de distinguer la silhouette de ses comparses. Il n'eut pas de peine avec Auxane. Quant à Sandros, il n'y avait plus personne à l'endroit où il s'était couché. S'était-il déplacé pour mieux dormir ? Élias ne se questionna pas plus. Le même bruissement lui donna des frissons. Doucement, il attrapa son bouclier et une sensation de bien-être monta en lui. D'instinct, il porta ses yeux vers le sommet de l'arbre sous lequel ils s'étaient installés. Élias comprit d'où émanait le bruissement. Deux yeux brillants l'observaient. L'aigle juché sur une branche déploya ses ailes et piqua vers Élias en lançant un cri perçant. Élias ne brandit même pas son bouclier pour se protéger. L'instant d'après, le rapace changeait de direction en perdant une plume, puis s'envolait dans le ciel nocturne. Élias avait du mal à comprendre pourquoi il n'avait ressenti aucune crainte. Ses yeux se posèrent sur son bouclier et ses doigts se promenèrent le long du cercle de bois, tout comme Yéléna l'avait fait… Le geste de la grande prêtresse avait-il une signification particulière ? Ses réflexions furent interrompues par Auxane qui s'était réveillée, sans doute à cause du cri de l'aigle. Élias récupéra la petite plume tandis qu'Auxane s'inquiétait de l'absence de Sandros.

— Il n'est sans doute pas bien loin. Peut-être un besoin pressant ? proposa Élias malicieusement. Tu peux te rendormir.

Auxane hocha la tête puis sourit en voyant Élias s'amuser à faire voleter la plume. Elle se recoucha et conseilla à Élias d'en faire autant. Mais il s'en sentait incapable. Un bruit de pas tout proche le mit en alerte. Élias soupira d'aise en reconnaissant le profil de Sandros se découper sous les trois demi-lunes.

— Où étais-tu ? souffla-t-il.

— Là où tu ne peux pas aller à ma place !

Élias sourit en constatant qu'il ne s'était pas trompé en donnant cette hypothèse à Auxane. Sandros n'ajouta rien quant à lui et se recoucha, peu enclin au dialogue. La nuit reprit ses droits. Élias dut se concentrer pour se rendormir. Au petit matin, l'odeur d'œufs titilla ses narines et il fut gratifié d'un sourire goguenard par ses amis déjà levés et toilettés. Peu après, ils prenaient la direction du lac Arc-en-ciel. Sandros avançait à grandes foulées.

— Regardez, on peut voir mon village ! lança-t-il.

Il était le seul à le percevoir de si loin. Ils durent parcourir encore une bonne distance avant qu'Élias et Auxane fussent en mesure de voir les Terres Herbeuses. Le soleil central était presque à l'horizontale lorsqu'ils arrivèrent en vue du lac Arc-en-ciel. Auxane suggéra une halte et ouvrit son sac en toile de jute.

— Nous avons bien mérité une pause, c'est vrai !

— Il ne s'agit pas d'une pause, Sandros... Plutôt de prudence.

Auxane tenait de la poudre dans sa paume qu'elle déversa dans la main droite d'Élias.

— C'est tout ce qu'il reste de la fleur d'Ouïfflette. Tu devras mâcher et nager en même temps. Ne t'arrête pas ! Mâche jusqu'à ce que tu arrives sur l'autre rive. C'est très important ! Quant à Sandros, il passera par-dessus.

Leurs yeux observèrent le même aigle qu'Élias avait débusqué la nuit dernière. Heureusement qu'Auxane tenait encore la main d'Élias dans la sienne, car de surprise, il avait ouvert sa paume largement. Auxane avait refermé vivement ses doigts pour préserver les précieux restes de la fleur d'Ouïfflette.

— Comment fait-il ça ? s'enthousiasma Élias. Tu ne peux rien me donner pour que je fasse pareil ? Ce serait tellement plus simple et excitant !

— Je n'ai pas ce talent, Élias ! C'est l'urine d'aigle que Sandros a bue lors des trois pleines lunes qui donne ce résultat. Mais il n'est pas donné à tous de pouvoir en faire autant. Le sang de Sandros se mélange bien à cet être aérien. Dépêchons-nous à présent...

— Veux-tu mettre ta besace dans mon sac à dos ? Il est étanche.

Auxane déclina l'offre, précisant simplement que son sac aux multiples herbes ne craignait rien. Élias aspira la poudre de la fleur d'Ouïfflette. Son teint vira aussitôt à l'orange et il avança dans le lac Arc-en-ciel. L'eau n'était pas froide. Il s'était pourtant attendu à une expérience désagréable. La fleur d'Ouïfflette agissait-elle vraiment ou était-il déjà en train de se perdre ? Auxane nageait à ses côtés, vigilante, les yeux tantôt sur la berge opposée, tantôt sur Élias pour surveiller l'intensité de son visage orangé. Élias remarqua soudain une branche, toute proche. Auxane la vit en même temps. Elle avançait vers eux dans le sens contraire au courant. Cela défiait toute logique.

— Continue, Élias. Tu ne dois pas perdre de temps.

Élias aurait bien voulu répliquer, mais la mastication de la fleur d'Ouïfflette occupait une bonne partie de ses sens et l'autre était réservée à la nage. Ils étaient arrivés au milieu du lac, mais Élias se sentait fatigué. Bon nageur, il se targuait souvent de pouvoir distancer tous ses amis. Dans ces eaux si étranges, il perdait un peu de sa verve. Concentré ! Il devait rester concentré ! Son champ de vision lui permit pourtant de voir Auxane aux prises avec la branche. L'instant d'après, la jeune fille passa en dessous et il entendit distinctement un choc. Auxane s'était-elle cogné la tête ? Il n'en fallut pas plus à Élias pour nager là où Auxane avait disparu. Il coinça la pâte formée par la fleur d'Ouïfflette dans le coin de sa joue et prit une profonde inspiration. Il plongea juste au moment où la branche allait lui passer sur le corps. Dans le lac, il ouvrit les yeux instinctivement. Il ne lui fallut pas plus de deux secondes pour repérer le corps d'Auxane qui s'enfonçait. Les eaux s'assombrissaient en profondeur, ne gardant que les teintes les plus foncées de l'arc-en-ciel. Les cheveux blancs de la jeune fille flottaient de façon alarmante tout autour de sa tête. Élias refusa de croire qu'il était trop tard. Il nagea plus vigoureusement encore. Quand il sentit son poignet, son cœur crut être heureux. Pourtant, quand aucun mouvement ne s'ensuivit, son angoisse reprit le dessus. Il tira fortement la jeune apprentie à la surface tout en mâchant furieusement cette stupide fleur d'Ouïfflette.

L'air extérieur lui fit du bien, mais Auxane demeurait inerte, le visage plus pâle qu'à l'ordinaire. Élias remarqua distraitement la branche qui continuait sa route. Un instant, il crut remarquer deux longues oreilles noires avec des poils rouges parmi les feuilles de cette étrange branche. Son esprit se reporta sur Auxane, puis sur Sandros, qui volait au-dessus d'eux en criant fortement. Élias réfléchissait. Il prit Auxane d'un côté et ôta tant bien que mal son sac à dos. Il l'ouvrit, sortit la corde de chanvre puis referma le sac. De nouveau, Élias chercha la branche des yeux, afin de s'assurer qu'elle ne leur jouerait pas de mauvais tour. Il continuait de mâcher la fleur d'Ouïfflette, tout en tendant le bout de corde vers l'aigle. Il ne s'en rendait pas compte, mais son visage commençait à perdre de sa couleur orange vif.

Sandros vola en piquant vers le lac Arc-en-ciel et, du premier coup, agrippa la corde entre ses serres. Il changea de direction comme il l'avait fait cette nuit-là sous les yeux d'Élias, et repartit vers la berge opposée tout en tirant sa lourde cargaison. Élias aidait son ami en nageant avec ses jambes, mais il devait aussi tenir la corde et maintenir Auxane hors de l'eau. Il sentait des crampes le gagner aux mollets, et serrait la mâchoire en oubliant parfois de mâcher. Un vertige le prit et un trio magnifique commença à l'entourer. Une musique envoûtante se fit entendre. Élias secoua la tête violemment, puis mit volontairement la tête sous l'eau quelques secondes. En ressortant, ses yeux rencontrèrent le regard indigo d'une sirène. Élias, hagard, mâcha plusieurs fois la fleur d'Ouïfflette à s'en faire mal aux maxillaires. La somptueuse créature s'éloigna un peu avec ses deux compagnes. Élias affermit sa prise sur la corde, à bout de souffle et déchiré dans son désir de revoir les déesses aquatiques. Enfin, sous ses doigts, il sentit la berge. Il regarda en arrière et vit les trois sirènes. Un cri le sortit de sa demi-torpeur... Dans un état second, il ne se rendit pas tout de suite compte que c'était lui qui venait de le pousser. L'aigle avait planté ses serres dans le dos d'Élias. Il se remit à mastiquer la fleur d'Ouïfflette et sortit du lac

Arc-en-ciel en entraînant Auxane. Sandros était redevenu humain et l'aidait.

— Nous devons nous mettre à l'abri des sirènes.

Enfin, ils purent étendre Auxane, dont les lèvres bleues n'évoquaient rien de bon. Élias se pencha pour écouter le cœur d'Auxane, puis tâta son pouls, sous l'étonnement de Sandros. Il crut bon de se justifier, tout en commençant une tentative de réanimation :

— J'ai passé mon brevet de secourisme…

Sandros ne demanda même pas de quoi il s'agissait. Son cœur se serrait à la pensée de perdre Auxane, jeune et jolie Auxane des Terres Glaciaires. Ces Terres si froides qu'il ne prisait guère pourtant…

Enfin, la jeune apprentie se mit à recracher et à tousser. Son torse se souleva en spasmes violents. D'un même mouvement, Sandros et Élias la pivotèrent sur le côté. Auxane réussit à s'asseoir un court instant, puis se rallongea. Son regard gris clair se posa sur Élias et Sandros. Un faible sourire de sa part acheva de les rassurer. Le bleu violet de ses lèvres disparut et son teint pâle revint progressivement à la normale. Elle désigna d'une main faible sa besace. Élias l'ouvrit promptement. Auxane en extirpa une plante, mais sa main retomba avant qu'elle puisse la porter à ses lèvres. Élias se chargea de le faire.

LE DON DE YÉLÉNA

La traversée du lac Arc-en-ciel s'était révélée épuisante. Les trois voyageurs, et surtout Auxane, devaient se reposer, et c'est sans échanger plus de trois phrases qu'ils s'assoupirent dans les hautes herbes. Élias se réveilla tandis que le premier soleil déclinait à l'horizon. Son estomac criait famine. Heureusement, Sandros avait confectionné un tournebroche de fortune où de gros poissons bleus à longues moustaches avaient été embrochés.

— Voilà ce qui m'a réveillé... Quel fumet !

Sandros sourit tout en surveillant la cuisson. En guise d'assiettes, trois larges feuilles végétales étaient posées sur l'herbe. Sandros avait aussi cueilli de petites baies, qu'il avait déposées sur une autre feuille. Auxane se réveilla à son tour et glissa un œil chaleureux vers Sandros, puis l'air grave, elle murmura :

— Vous vous êtes montrés bien courageux... Élias, tu aurais dû continuer et me laisser ! Tu dois accomplir l'oracle des trois soleils avec Sandros.

Élias et Sandros perçurent bien, dans le ton d'Auxane, qu'elle était touchée autant que consternée. Elle se reprochait de ne pas avoir été à la hauteur. Aucun des deux garçons ne put ajouter quoi que ce soit, car au même moment, un énorme nuage blanc se matérialisa littéralement au-dessus d'eux. Élias et Sandros se levèrent ensemble, l'un brandissant son bouclier de bois, l'autre, sa dague de fer. Ils rangèrent leurs armes en découvrant Yéléna presque translucide dans un nuage insolite…

— Vous êtes sur la bonne voie, jeunes gens. Zeus est fier de vous. Mais le temps presse… Il ne vous reste plus que deux tours de sablier. À la tombée du dernier soleil, vous devrez avoir accompli la première épreuve.

— On ne sait pas quoi faire ! objecta Élias, dépité.

Le jeune garçon avait été convaincu qu'une fois de l'autre côté du lac Arc-en-ciel, ce qu'ils cherchaient serait apparu.

— Vous avez fait preuve de courage. Toi, Sandros, tu as déjà le don que je t'ai prodigué grâce aux fioles d'urine animale. Tu en as fait bon usage… Auxane, je suis bien aise de te savoir hors de danger. Si Iris le pouvait, elle irait tendre son écharpe jusqu'à l'Olympe pour annoncer cette heureuse nouvelle. Tu sais que nos grands poètes proclament que l'arc-en-ciel est le chemin utilisé par la messagère d'Héra…

Yéléna fit une longue pause et son sourire éblouissant les réchauffa tous. Enfin, elle reprit :

— Quant à toi, Élias Sparte, tu as sauvé la vie d'Auxane au risque de te perdre ! Pour cet acte exemplaire, je te dois un don !

Élias, silencieux, observait la tête de Yéléna flotter au centre de ses cheveux flamboyants. Pour un peu, Élias aurait pu voir Zeus à ses côtés… La grande prêtresse poursuivit :

— Jeune et courageux Élias Sparte, pose un genou au sol, veux-tu.

Élias s'exécuta sans trop savoir ce qui l'attendait. Le bâton tressé d'or de Yéléna se matérialisa soudain en dehors du nuage et l'aigle sculpté se déposa sur son épaule droite, puis sur celle de gauche. Le rituel se fit trois fois. Yéléna s'exprimait dans des mots inconnus. Auxane se balançait d'avant en arrière en chantant une mélopée tout aussi étrange. Le bâton disparut et une lueur bleu clair enveloppa Élias pour disparaître presque aussitôt. Auxane arrêta son chant et Yéléna reprit de sa voix sereine :

— Élias Sparte, fils de la belle Adonia, en ma qualité de grande prêtresse de toutes les Terres d'Éphoria, je te fais don du souffle de Borée. À ton esprit vif et à ton bouclier s'ajoutera dorénavant le violent souffle de Borée pour te protéger. Ah ! si seulement Iris pouvait porter ce message à l'Olympe… Prends grand soin de ce don extraordinaire, Élias Sparte.

Intrigué par la plainte deux fois exprimée vis-à-vis de cette Iris qu'il ne connaissait pas, Élias l'oublia vite, sous l'effet de la forte présence de Yéléna et de l'ajout du prénom de sa mère à la suite de son nom. Encore ému, il demeura le genou au sol, l'esprit chargé de cet instant unique. Il avait ressenti un fluide puissant… Il voulut soudain demander à Yéléna ce qu'ils devaient faire, mais le nuage disparut à peine sa pensée formulée. Élias se releva pour recevoir les félicitations sincères d'Auxane et Sandros. Désireux de garder encore ces moments pour lui, Élias demeura silencieux. Après un moment, il confia son sentiment d'impuissance à ses amis :

— Mais nous ne savons toujours pas quoi faire…

Sandros répliqua joyeusement :

— Et si on goûtait à ces poissons ? Les idées viennent toujours mieux l'estomac plein.

Les garçons mangèrent comme des ogres. Auxane leur offrit même plus de la moitié de son poisson moustachu, tout en les incitant à la modération, en vain. Sandros poussa même le plaisir jusqu'à taquiner Élias :

— Yéléna dit que tu as l'esprit vif, mais elle ne t'a pas vu dévorer comme un goinfre ces pauvres poissons !

La bouche pleine et le menton gras, Élias répliqua quelque chose d'incompréhensible qu'il préféra ne pas répéter en croisant le regard d'Auxane et le sourire goguenard de Sandros…

Peu de temps après, des maux de ventre commencèrent à incommoder Élias. Non sans orgueil, il préféra se faire discret au début et se leva pour marcher, dans l'espoir qu'un peu d'exercice physique l'aiderait à digérer. Il se garda toutefois de s'approcher du lac Arc-en-ciel. Mais son estomac demeura lourd, et il pesta intérieurement sur sa gourmandise avant de se tordre finalement de douleur. Auxane s'approcha et lui tendit un bol de bois rempli d'un breuvage à l'odeur agréable.

— Cela t'aidera à soulager ton estomac douloureux...

Élias jeta un œil sur Auxane, puis sur le bol dont le pourtour était gravé de symboles mystérieux. La jeune fille continua en voyant Élias hésiter :

— Tu ne risques rien. C'est de la camomille matricaire et du fenouil. Cela va soulager les spasmes dus à ton repas trop copieux. Tu auras aussi moins de gaz.

Élias regarda par terre, honteux à l'idée qu'Auxane avait même peut-être senti plusieurs flatulences particulièrement malodorantes depuis qu'ils parlaient... Il commença à boire et fut surpris de ne pas trouver le goût si désagréable. Son grand-père buvait toujours des tisanes le soir. Élias refusait systématiquement lorsqu'il lui en offrait. Il découvrait subitement qu'il avait eu tort. Auxane continua non sans un clin d'œil :

— Il te faudra ménager ton estomac dans les prochains jours, sous peine de le saturer et de le voir devenir paresseux. Tu devras manger léger : du poisson, soit, mais d'une

autre espèce, des légumes et aussi boire beaucoup d'eau…

Élias baissa la tête, puis rencontra les yeux
gris d'Auxane. Enfin, mal à l'aise, il lui souffla
un merci et poursuivit dans un murmure :

— Je peux te demander de n'en rien dire à
Sandros ? Il se moquerait…

Auxane sourit, dévoilant sa fossette. Ses
yeux s'illuminèrent de façon charmante. Elle
s'éloigna en songeant à Sandros qui venait de
lui faire une demande identique quand elle
lui avait apporté la même tisane… «
Décidément, les garçons sont bien étranges
parfois », se dit-elle.

• • •

Hymenopte, le Myrmadès aux deux oreilles
poilues, présentait au roi son rapport des évènements. Il avait un air piteux et son visage était
rouge de honte. Il subissait une véritable humi-
liation devant le maître des Terres. Drakéon
tempêtait :

— Comment un être aussi malfaisant que
toi a-t-il pu échouer ?

Hymenopte essaya de se justifier, rampant presque aux pieds du roi. De sa voix aigüe, il prétexta que son plan avec la branche était parfait et sans faille.

— Sans faille! reprit Drakéon, la lèvre retroussée de dégoût. Qu'on m'enferme cet incapable dans le cachot de fer!

L'œil plus rouge qu'à l'ordinaire, le Myrmadès pointa ses quatre pinces vers le roi tout en jetant des regards vers le sol de marbre. La créature savait qu'il lui serait impossible de creuser en ces lieux. Avant de renoncer pourtant, Hymenopte continua:

— Lukhi eci ijk fbaj duohi gai be coiddi. Xi ci lidviheoj si luaj jo luaj di ci hidnip fej ce boqihki. Duaj eloudj ad ferki.

Drakéon se mit à rire férocement.

— Oh! Tu dis que mon âme est plus noire que la tienne... Peut-être est-ce la vérité? Et tu menaces de te venger si je ne te rends pas ta liberté? De mieux en mieux... Nous avions un pacte! Tu l'as dit. Mais tu as lamentablement échoué!

— X'eo teok ri ga'ob tebbeok...

— Non, tu n'as pas fait ce qu'il fallait! Tu as essayé. Je me suis trompé sur ton compte.

Ou plutôt, tu m'as trompé sur tes compétences, et maintenant, les trois élus continuent leur quête... Tu es un nabot minable. Hors de ma vue.

Les gardes enchaînèrent Hymenopte qui ne se laissa pas faire. Il agita ses mandibules. Un garde hurla de douleur. Le terrible Myrmadès venait de lui trancher la main. Devant le sang qui se répandait sur le marbre, l'homme hurla de plus belle et brandit son épée de son autre main pour pourfendre l'abominable créature. Le roi l'en empêcha d'un mot. Au même moment, une cage de fer tomba du plafond tandis qu'un homme chétif faisait son entrée. Il portait une tunique de prêtre. Son nez était long tout comme son menton.

— Tu arrives à point, Gaïane. Fais ce que tu dois. Mes gardes pourront ensuite emporter ce résidu ! Qu'on transporte Fassis auprès des médecins.

Le prêtre des Terres Herbeuses sortit une sarbacane en roseau d'une poche et souffla une fois vers Hymenopte, qui l'observait de ses yeux rouges. Une fléchette se ficha dans son épaule, lui extirpant un grognement. Le Myrmadès s'affala, inconscient. La cage se releva et Hymenopte fut traîné dans un des cachots du palais.

Drakéon quitta la salle d'audience et retrouva ses appartements privés. Il tira une caisse et en sortit la carte prise sur Élias. Dans un même temps, il fit appeler Antarès.

• • •

Élias marchait, l'esprit en ébullition. Tout lui semblait nébuleux…

— À quoi bon donner une mission à quelqu'un si les informations ne sont pas claires !

À l'orée d'un boisé, il retrouva Sandros, le corps penché vers l'avant :

— Qu'est-ce qui se passe ? Tu as mal au ventre ? Auxane peut t'aider.

Le ton caustique ne sembla guère déranger Sandros. Il indiqua plutôt un endroit à Élias et chuchota :

— Il y a du mouvement dans le secteur.

Une douce lumière pénétrait l'endroit et Élias découvrit des fruits au parfum délicieux. D'ailleurs, les deux garçons ne semblaient pas les seuls de cet avis. Des papillons bleus tirant sur le violet voletaient çà et là. Élias aurait voulu les observer plus longuement, mais Sandros étendit son bras pour l'en empêcher, puis son ton se fit revanchard.

— Il y a des fourmis ! Toute une colonie. Je vais les exterminer… Je déteste les fourmis !

Sandros avait déjà brandi sa dague. Élias resta un instant surpris, puis éclata de rire :

— Et tu espères faire quoi avec cette dague face à ces insectes sans défense ?

La mine renfrognée, Sandros tenait toujours sa dague au-dessus de la tête. Il porta son regard à son bras, puis aux fourmis qui besognaient. Ses yeux se posèrent de nouveau sur Élias qui riait toujours. Enfin, l'écuyer baissa son arme. Les épaules voûtées, il jeta :

— Tu as raison ! Ma haine pour les Myrmadès ne doit pas nuire à mon jugement. Ces bestioles ne sont pas en cause !

— Et si tu m'en disais plus sur cette histoire ? Pourquoi leur en veux-tu tellement ?

Élias prit Sandros par l'épaule et l'entraîna loin des fourmis qui formaient une chaîne pour rapporter des baies à la fourmilière. Ils s'assirent dans l'herbe tout en continuant d'observer les papillons et les fourmis. Enfin, Sandros se confia :

— Nous étions très jeunes… J'étais avec ma cousine, la fille de Coucou et de Fardios. On s'amusait souvent ensemble, on avait le même âge… Un jour, on a trouvé un endroit qui ressemblait beaucoup à la colonie où nous ont entraînés les Myrmadès hier. Ce n'était pas la même, j'en suis sûr.

— Qu'est-ce qui s'est passé ?

Élias sentait que les aveux n'étaient pas faciles.

— Nous voulions juste observer. Ma cousine a glissé dans le cratère. J'aurais dû fuir, aller chercher de l'aide. Mais au lieu de ça, je suis resté paralysé, incapable de bouger le moindre muscle.

Sandros ne décela aucune raillerie chez Élias, ce qui l'incita à poursuivre :

— Les Myrmadès se sont jetés sur ma cousine. Elle hurlait, m'appelait… Un Myrmadès a levé la tête. Je me souviens de ses yeux rouges. Il a fait claquer ses mandibules. Cela m'a sorti de ma torpeur. Je me suis enfui. Ma cousine ne criait plus…

— Tu ne pouvais rien faire, Sandros.

— Je m'en voudrai toujours de l'avoir entraînée dans ce coin-là.

Élias ne savait pas quoi dire. Il se contenta d'une tape sur l'épaule et d'un hochement de tête. Puis, presque dans un murmure, il chercha à en savoir plus :

— Comment as-tu appris le langage des Myrmadès ?

— Je suis revenu un an plus tard. Je voulais en savoir plus sur ces monstres. J'ai commencé à les observer.

— Au risque de te faire prendre comme ta cousine ?

— J'ai appris la prudence, à passer inaperçu... Et aussi à me battre, grâce à mon père... J'ai fini par comprendre leur façon de parler et leurs habitudes sanguinaires. Peu sont amicaux. Je peux te l'affirmer.

Un long silence suivit l'aveu difficile. Élias était sensible à la confiance que Sandros lui témoignait en partageant cette tranche de sa vie. Les papillons continuaient à voleter et les fourmis poursuivaient leur travail. Sandros haussa les épaules :

— Je suis soulagé que tu m'aies empêché de m'acharner sur ces malheureux insectes. Ce n'était guère brillant de ma part.

Il sourit doucement. Auxane les trouva à ce moment et resta interdite devant la nuée de papillons bleus tirant sur le violet. Elle ouvrit la bouche et explosa presque :

— Des iris ! J'ai compris ce que Yéléna a voulu nous dire ! Je ne pouvais cesser de retourner ses paroles dans ma tête. Je cherchais la signification de son insistance pour Iris… Et là, il y a tous ces papillons ! On dirait un champ d'iris…

Les deux garçons froncèrent les sourcils puis observèrent de nouveau les papillons. Élias demanda :

— Tu parles de quoi ? Des fleurs ?

— Mais oui, c'est évident ! Il y a un champ d'iris tout près d'ici.

Volubile, Auxane en avait même les joues qui rosissaient sous l'excitation.

— Je suis sûre que c'est là que nous devons aller pour mener à bien la première épreuve.

Élias, sceptique, jeta un œil à Sandros qui haussa les épaules en justifiant :

— On ne risque pas grand-chose à suivre cette idée... Nous devons accomplir cette épreuve demain, avant le coucher du dernier soleil...

— Nous avons encore du temps devant nous.

— Du temps qui nous file entre les doigts ! s'enflamma Auxane.

— Bon, admettons que tu dises vrai. Pourquoi un champ d'iris ? Qu'est-ce que ça veut dire ?

Auxane expliqua qu'Iris était la messagère d'Héra, la reine des dieux, la femme de Zeus. Les mots se bousculaient sur ses lèvres. Ses yeux gris brillaient d'un éclat étrange qui hypnotisait presque les deux garçons. Auxane affirma qu'Iris utilisait un arc-en-ciel pour aller du royaume de l'Olympe au royaume d'Éphoria.

— Et Yéléna a dit clairement qu'Iris ne pouvait pas porter la bonne nouvelle de ta santé.

— Tout juste, Sandros ! approuva Auxane qui sentait la solution tout proche. Et Yéléna a même parlé de nos poètes qui parlaient de l'écharpe d'Iris en évoquant l'arc-en-ciel.

— Et nous sommes tout juste à côté du lac Arc-en-ciel, ajouta Élias, emporté malgré lui par l'enthousiasme général.

— Le champ d'iris est proche, mais assez éloigné pour que vous ne risquiez rien avec les sirènes, les garçons !

— Les coïncidences sont trop nombreuses pour que ce ne soit pas une piste sérieuse.

LE CHAMP D'IRIS

Antarès épiait. Son père voulait qu'il écoute et qu'il lui fasse un compte rendu. Sauf que lui voulait agir, prendre des initiatives ! Antarès imaginait déjà son père en train de le féliciter. Les trois élus longeaient une rivière où deux magnifiques canards jaunes glissaient au fil de l'eau. L'orgueilleux Antarès attrapa son arc et se positionna. Dans sa précipitation, une branche morte sur le sol feuillu craqua. L'archer serra les dents, pensa encore aux honneurs à recevoir, puis inséra sa flèche.

• • •

Élias réagit promptement et fut le premier surpris de sa réaction. Il brandit son bouclier en tournant la tête. Dans un geste tout aussi instinctif, il se propulsa en avant et la flèche se ficha presque au cœur de son bouclier de bois. Élias termina son envolée lourdement sur le sol. Peu de temps après, ce fut un aigle, qu'Auxane et Élias commençaient à bien connaître, qui attrapa entre ses serres une deuxième flèche en plein vol. Les deux canards regardèrent longuement toute la scène avant de redevenir impassibles. Ils piquèrent dans la rivière puis s'envolèrent à grands fracas d'ailes au-dessus de la surface de l'eau. Élias restait aux aguets, les yeux rivés vers le boisé tout proche, à l'endroit où il avait entendu du bruit.

— Il est en train de partir ! Le lâche !

Sandros était redevenu lui-même et observait la flèche qu'il tenait toujours entre ses mains.

— Ces flèches n'appartiennent qu'à une personne, Antarès !

D'un geste furieux, Sandros arracha la flèche fichée dans le bouclier d'Élias.

— Il chassait le canard ? risqua Élias en observant la rivière désertée à présent.

— Ou nous…, lança Auxane, préoccupée.

— Antarès est adroit avec son arc, je pense qu'il visait vraiment les canards…, objecta Sandros en cassant les deux flèches sur sa cuisse d'un coup sec.

— Mais il s'est fait remarquer et nous avons perturbé sa chasse…, compléta Élias en haussant une épaule.

— Peut-être…, murmura Auxane.

L'apprentie consulta le ciel, où les trois soleils parcouraient la seconde période de la journée… Le temps passait vite. Sandros et Élias suivirent son regard. Aucune explication n'était nécessaire. Une angoisse assaillit Élias. Ils étaient les élus ! Éphoria comptait sur eux trois pour accomplir l'oracle des trois soleils ! Dans un moment de velléité, son esprit se rebella. Pourquoi accomplir cette mission périlleuse ? À cause d'Adonia, sa mère ? Parce qu'il était loyal ? Courageux ?

Des peupliers blancs et majestueux bruissèrent aux alentours. Était-ce le vent qui lui soufflait des réponses ? Ou, pourquoi pas, les dryades de cette forêt de peupliers qui tentaient de lui insuffler l'énergie nécessaire pour continuer ?

• • •

Au palais, Drakéon fulminait devant les explications maladroites de son fils :

— Je t'avais demandé de ne pas intervenir ! Tu es le fils du roi, tu ne peux agir avec autant de désinvolture ! On ne doit pas offenser les dieux ! Je croyais pouvoir te faire confiance.

Antarès déglutit, le cœur en rébellion. Il ne comprenait pas la fureur de son père et serra les poings pour ne pas répliquer. Drakéon reprit, plus calmement cette fois :

— J'ai sous-estimé ces élus. C'est un de mes hommes que j'aurais dû envoyer.

— Je suis un bon archer ! se justifia Antarès.

Drakéon observa son fils et secoua la tête :

— Là n'est pas la question, Antarès. Ni toi ni moi ne pouvons être directement impliqués. Nous devons agir dans l'ombre... Fais seller mon cheval, nous allons nous rendre sur place et décider de ce qu'il convient de faire...

• • •

Les trois amis s'étaient remis en route vers le champ d'iris, bien visible à présent. Soudain, Auxane tendit les deux bras à l'horizontale, bloquant le passage à Élias et Sandros.

— Qu'est-ce qui t'arrive ?

Auxane indiqua un endroit devant eux. Sandros remarqua la ruche et quelques abeilles qui voletaient autour.

— Du miel ! Un peu de sucreries ne nous fera pas de mal ! exulta-t-il en rangeant sa dague qu'il venait de sortir prestement.

Auxane s'interposa :

— Ces abeilles travaillent fort pour produire le miel. Elles n'ont guère besoin qu'on les dérange.

Sous le regard de reproche de Sandros, Auxane expliqua plus doucement :

— Ma mère avait une amie, une nymphe que j'appelais affectueusement Beenie. C'est cette nymphe qui a élevé Aristée…

— Le fils d'Apollon ? lâcha Sandros, surpris.

— Oui ! Beenie m'a appris à élever des abeilles, tout comme elle l'avait fait avec Aristée.

Auxane avait le regard lointain, rempli de souvenirs d'enfance. Sandros, un peu déçu, souleva les épaules :

— Nous les laisserons tranquilles si tel est ton souhait, Auxane.

L'apprentie sourit à Sandros et lui déposa même un baiser sur la joue. De surprise, Sandros rougit subitement. Élias, un tantinet dérangé, reporta son attention sur le trou laissé par l'impact de la flèche d'Antarès dans son bouclier. Les trois élus continuèrent leur route, en s'écartant suffisamment de l'essaim d'abeilles.

• • •

Drakéon et Antarès arrivèrent à l'endroit où ce dernier avait chargé Élias de ses flèches. Le roi serra le poing à s'en faire mal aux jointures :

— C'est trop tard ! Ils sont déjà aux abords du champ d'iris !

Derrière lui, Antarès bandait déjà son arc quand son père arracha violemment la flèche qu'il venait de positionner.

— Veux-tu que Zeus te transforme en brasier ? N'oublie pas que ces trois-là sont les élus de l'oracle des trois soleils ! Nous n'avons pas le droit de les supprimer directement. Il faut prendre des chemins détournés… Je te l'ai dit, nous devons rester dans l'ombre. D'autres doivent agir à notre place.

Le roi, furieux du geste insensé d'Antarès, se contint malgré tout. Il n'était pas devant un de ses villageois ou un de ses gardes ! C'était son fils, la chair de sa chair… Il changea de ton, et la main sur l'épaule de son impétueux fils, il continua :

— N'agis pas sous la colère, tu le regretterais amèrement. Les dieux ne doivent pas être contrariés. Nous avons besoin d'eux et le peuple aussi. Il est hors de question de perdre notre pouvoir sur Éphoria maintenant !

Antarès avait du mal à entendre. La haine défigurait presque son visage. Pourtant, il acquiesça, les yeux au sol :

— Oui, père !

— Rien n'est perdu, loin de là. J'avais pris d'autres mesures, au cas où ! Je rentre maintenant. Reste, Antarès, et agis avec sagesse. Tu viendras me confirmer l'échec complet des trois élus !

• • •

Élias arrêta son pas juste devant le champ d'iris et, surpris, posa une main à plat tout en s'exclamant :

— C'est une paroi de verre, avec des iris peints dessus. C'est incroyable !

Sandros et Auxane touchèrent à leur tour, incrédules.

— Ces fleurs sont une imitation parfaite. Personne n'a rien remarqué sur les Terres Herbeuses.

— C'est hallucinant... confirma Auxane. Comment entrer ? Il ne semble y avoir aucune porte... Tout ce que je vois, c'est ce vieil homme, derrière le verre peint.

— Essayons de cogner !

Les trois amis se mirent à frapper le mur vitré avec frénésie. Le vieil homme se retrouva bientôt près d'eux, hors du cube de verre. Ses yeux auraient lancé des flammes s'ils avaient pu ! Auxane ne tergiversa pas :

— Nous devons voir Iris, la messagère d'Héra.

Le vieil homme ne semblait pas disposé à parler. Il était très grand et costaud, et les dépassait largement de cinq têtes. Il les toisa encore avant de bougonner, d'une voix si aigüe qu'on aurait juré entendre la voix d'une femme :

— On m'avait dit que quelqu'un viendrait peut-être faire cette demande… Je ne m'attendais pas à de si jeunes gens.

Élias avait du mal à se contenir tant le contraste était saisissant entre la voix et la masse du vieillard. Pourtant, ce n'était guère le moment de se montrer discourtois, l'heure était grave.

— Pour arriver jusqu'à Iris, vous devez cueillir dix mille pétales en une heure dans ce champ derrière vous et les déposer dans ces seaux.

Les trois élus découvrirent avec stupéfaction que la paroi de verre venait de s'évaporer, leur rendant le champ accessible.

— Est-ce un piège? questionna abruptement Sandros, le regard suspicieux.

— Faites ce que vous croyez devoir faire, continua le vieillard de sa voix flûtée et suraigüe... Quant à moi, j'enclenche la clepsydre. Elle est réglée sur le temps qui vous est alloué...

L'homme se tourna vers deux vases en terre cuite, posés à deux hauteurs différentes. Il enleva d'un geste vif une cheville en bois qui était enfoncée au bas du vase du haut et de l'eau commença à se déverser dans le vase du dessous. Il se retourna, leva un doigt épais et tordu vers les trois amis en répétant « une heure pour dix mille pétales », puis s'installa devant plusieurs pots de peinture de différentes couleurs. Il se mit à peindre sans plus leur prêter attention.

Après consultation et malgré l'étrange requête du vieillard, les trois amis décidèrent de se mettre au travail. Ils procédèrent méthodiquement, par paquets de dix. Pourtant, quand

Auxane observa où en était la clepsydre, elle lâcha, désespérée :

— Nous n'y arriverons jamais ! Regardez le temps qu'il nous reste et les maigres pétales récoltés !

Le constat était navrant.

— Quoi faire alors ? Nous n'allons pas renoncer !

Une petite voix se fit entendre. Il n'y avait pourtant personne près d'eux, à part le vieillard, toujours à ses pinceaux. Du coude, Élias montra des fourmis sur le sol. Fait incroyable, c'était l'une d'elles qui venait de parler ! Élias se baissa, se sentant ridicule... Il entendit distinctement la fourmi le remercier d'avoir empêché Sandros de les exterminer plus tôt. Elle ajouta que pour ce geste généreux, toute la colonie avait décidé de les aider à ramasser les dix mille pétales d'iris !

En riant de bonheur et d'incrédulité, Sandros, Élias et Auxane acceptèrent l'offre de bon cœur, tout en remerciant les fourmis. Quand ils déposèrent les dix mille pétales devant le vieillard abasourdi, la clepsydre n'avait même pas passé la moitié de son temps. D'un geste rageur, le vieil homme enfonça le bouchon de bois dans le trou pour arrêter l'eau de s'écouler.

— Vous pouvez les recompter. Il n'en manque pas un! affirma fièrement Auxane, un sourire en coin.

— Je n'en doute pas, je n'en doute pas! couina le vieillard en lorgnant pourtant vers les seaux. Bien, continuons, jeunes gens. Nous verrons si vous serez capables de m'apporter la pierre ovale qui est au fond de cette mare…

L'homme retourna près de la clepsydre, ôta une mesure d'eau, puis tira sur le bouchon de bois. L'eau se déversa de nouveau, dans un clapotis devenu familier. Il repartit d'un pas massif vers ses pinceaux.

— C'est facile cette fois, exulta Sandros.

Il plongea une main dans la mare pour la retirer aussitôt.

— L'eau est glacée! Vas-y toi, si tu veux.

L'invitation ne semblait guère tenter Élias, qui observa la clepsydre, puis Auxane:

— Tu viens des Terres Glaciaires, je crois. L'eau froide ne doit pas te faire peur…

La jeune apprentie n'eut pas le temps de répondre, car deux canards jaunes se posèrent sur la mare. Ils plongèrent immédiatement la tête dans l'eau glaciale et l'un d'eux en ressortit en tenant un objet dans son bec. Il avança jusqu'au groupe des trois élus. Le bec s'ouvrit et l'objet tomba dans la main qu'Élias avait tendue juste à temps. Les deux canards s'envolèrent ensuite sans rien ajouter.

— Ce sont les deux canards que nous avons sauvés sur la rivière…, souffla Sandros.

Auxane regarda par-dessus l'épaule d'Élias et murmura :

— C'est du corail rouge que tu tiens dans ta main !

Élias reporta son attention sur la pierre ovale.

— Allons le porter au vieil homme avant que la clepsydre ne soit vide.

— Il faut espérer qu'il nous conduise à Iris cette fois…

Élias secoua la tête. La méfiance était devenue une seconde nature chez lui ces derniers jours. Pourtant, d'une voix calme, il s'adressa au vieillard :

— Voilà, vieil homme, la pierre ovale que vous nous avez demandée.

L'homme toucha l'ovale parfait de ses doigts rugueux, puis regarda les seaux remplis des dix mille pétales d'iris.

— Vous êtes jeunes mais brillants. Je ne sais pas comment vous avez fait et je ne veux pas le savoir... Ma peinture me suffit! Iris est là, juste derrière. Elle vient de s'endormir après avoir profité des rayons de soleils. Emportez ces seaux et cette pierre ovale. Tout est pour elle.

Ils découvrirent bientôt trois jeunes filles endormies. Elles étaient identiques!

— Comment savoir qui est Iris? questionna Sandros, dépité, en posant les deux seaux qu'il portait.

Auxane se contenta de tendre un bras vers l'une des jeunes filles endormies.

— Voilà la véritable Iris, la messagère d'Héra, affirma la jeune apprentie.

Remarquant le froncement de sourcils de Sandros, elle expliqua avec le sourire:

— Le vieil homme a dit qu'Iris venait de profiter des rayons de soleils. Regardez les abeilles qui survolent Iris en formant des huit... Elles ne peuvent pas se tromper... Autrement dit, les rayons de soleils, c'est le miel qu'Iris vient de déguster.

— Et les abeilles nous ont aidés parce que nous les avons laissées tranquilles sur notre chemin ! souffla Élias, ébahi...

Ils entourèrent la gracieuse jeune fille qui s'éveilla. Ses yeux étaient de la couleur du champ d'iris. Elle remarqua les seaux et sourit de bonheur :

— Vous me rapportez mes ailes...

— Vous parlez de ces pétales ?

Iris se contenta de secouer la tête en signe d'affirmation.

— Pouvez-vous les lancer vers moi, s'il vous plaît ?

Les trois élus s'exécutèrent, surpris par cette demande. Les pétales s'élevèrent dans un ballet aérien lumineux puis retombèrent doucement. Deux extraordinaires ailes brillantes aux teintes de l'arc-en-ciel venaient de se former dans le dos d'Iris. Élias tendit la pierre de corail rouge, mais Iris secoua la tête :

— Ceci est pour vous. Vous en aurez besoin pour la suite de votre mission. Grâce à vous, jeunes gens, je puis retourner auprès de la reine des dieux, Héra, et lui porter la bonne nouvelle. Vous m'avez libérée. Merci et bonne route.

Aussitôt, un arc-en-ciel se matérialisa au-dessus du champ d'iris. Il s'élevait si haut qu'il se perdait dans les nuages. Le pas léger et les ailes déployées, Iris salua les trois élus, puis s'éleva sur son écharpe colorée et magnifique. Du vieillard, il n'y avait plus aucune trace...

De retour près du boisé, les trois amis avaient allumé un feu et observaient la pierre ovale. Ils étaient autant admiratifs qu'intrigués.

— Et maintenant ? questionna Élias.

— Je vais vous raconter l'histoire du corail rouge.

Tout en se concentrant, Auxane s'amusait à passer ses doigts sur la face bombée et rugueuse de la pierre ovale. Enfin, elle détacha son regard du corail et murmura, obligeant ses auditeurs à se pencher pour ne rien perdre de ses propos :

— Nos poètes racontent la naissance du corail rouge. Je vais essayer de ne pas trahir leurs pensées. Persée, l'un des fils de Zeus, combattit la terrible Méduse, un être monstrueux couvert d'écailles et à la chevelure de serpents. Juché sur le dos de Pégase, le courageux Persée a tranché la tête de Méduse et l'a déposée sur un lit d'algues qui est devenu le corail rouge. On dit que des cris et des applaudissements s'entendirent de partout à la suite de l'exploit de Persée... Le corail chasse la violence et donne la sagesse. Vous vous rendez compte, d'un monstre au regard capable de transformer quiconque en pierre, Persée a réussi à créer quelque chose de magnifique !

Un long silence suivit l'explication d'Auxane. Le bois crépitait et rompait la quiétude du moment, repris en écho par les cigales dans un joyeux concert de fin d'après-midi. Personne ne voulait ajouter un commentaire, préférant s'absorber dans les flammes rouge orangé qui montaient vers le troisième soleil, ce qui allait bientôt compléter la fin de cette journée riche et pleine.

TIEN-LUNG

Le lendemain matin, les garçons étaient tout heureux d'engloutir un petit déjeuner copieux et écoutaient Auxane s'enthousiasmer pour le corail rouge, qu'elle observait depuis un bon moment :

— Il y a un trou, juste ici, au centre de la pierre. Il faudrait un objet pointu, mais pas trop large…

— Voilà qui devrait faire l'affaire, proposa Sandros en sortant sa dague.

Auxane approuva en souriant et déposa la pierre de corail rouge sur le sol. Sandros lança une poignée de sable sur le feu pour l'éteindre et reporta son attention sur la jeune apprentie. Alors qu'ils étaient tous les trois rassemblés autour de la pierre ovale, Auxane demanda aux garçons de tenir la poignée de la dague avec elle d'une main tout en touchant l'épaule de son voisin afin de former un cercle continu. La pointe de la dague fut posée vis-à-vis le trou, au centre de l'ovale. Élias s'attendait à ce que quelque chose se produise, un éclair ou un autre phénomène du genre. Eh bien non, rien ne se passa! Presque déçu, il allait lâcher quand il sentit une poussée de la part d'Auxane. Elle les incitait, en silence, à se déplacer vers la droite. Les garçons se mirent en mouvement et ils tournèrent ainsi douze fois sans bruit. Il n'y eut pas d'éclair, mais le sol s'ouvrit littéralement sous eux et ils tombèrent longtemps dans un gouffre qui semblait ne pas avoir de fond. Élias et Sandros criaient à pleins poumons, incapables de s'accrocher à quoi que ce soit puisque leurs mains semblaient soudées, sous une force indépendante de leur volonté, sur les épaules de chacun. Seule Auxane demeurait sereine et rayonnante, même en chute libre dans ce trou...

L'atterrissage fut brutal. Heureusement, le sol était sablonneux, mais le choc se répercuta tout de même violemment dans leur colonne vertébrale. Auxane reprit connaissance la première. Ils ne se tenaient plus par les épaules. Avec des brindilles sèches qu'elle trouva sur place, elle alluma aussitôt un feu. Elle ouvrit ensuite son sac de jute et jeta sur les flammes timides quelques herbes qu'elle choisit soigneusement. Des crépitements puis des flammèches s'élevèrent, de couleurs différentes. Elle entonna un chant guttural, répétitif, tout en laissant son corps vibrer sous des sensations étranges. Ses bras s'élevaient au-dessus des flammes, puis se retiraient. Non loin, les deux garçons dormaient dans des positions étranges, comme si leur corps était disloqué à la suite de la chute infernale. Auxane continua son chant, ses yeux gris posés sur Sandros. Ses pupilles brillaient d'un éclat particulier, énigmatique. Sandros s'agita, en proie à un curieux rêve.

L'écuyer voyait un gros roi cyclope sur le balcon de son somptueux palais. Il avait l'impression d'être à ses côtés sans y être vraiment... Sandros sursauta quand un énorme aigle se percha sur une branche et demanda au roi cyclope une de ses trois filles en mariage. Le rapace expliqua qu'elle deviendrait la reine de son royaume. Le roi, apeuré, alla trouver les jolies princesses.

Sandros, toujours endormi, bougea en gémissant. Il venait de pénétrer à la suite du roi cyclope dans son palais. Il pouvait suivre le moindre de ses mouvements et parvenait aussi à tout entendre.

Les deux aînées refusèrent catégoriquement en prétextant l'arrivée prochaine de leurs fiancés. Le roi soupira en s'éloignant, les épaules tombantes. Il songea à sa plus jeune fille, mais il n'envisagea pas un instant de lui poser la question ; elle n'avait que dix ans. La mine sombre, le roi cyclope retourna vers l'aigle et lui dit qu'il ne pouvait accéder à sa demande. La réaction du rapace ne se fit pas attendre. Il déploya ses immenses ailes et, de son bec, creva l'œil unique du roi qui hurla de douleur. Ses trois filles accoururent, alarmées. Une main sur son œil sanguinolent, le roi aveugle expliqua ce qui était arrivé. La plus jeune pleura dans les bras de son père, puis lui dit qu'elle acceptait de devenir la reine des aigles. Elle posa une seule condition, en regardant l'immense rapace droit dans les yeux. Il pourrait l'emmener dès maintenant, mais elle ne deviendrait son épouse royale qu'à sa majorité. L'aigle géant battit trois fois des ailes et le roi retrouva instantanément la vue. La jeune princesse, le cœur lourd, embrassa son père et ses sœurs, puis grimpa sur le dos de l'aigle qui s'envola avec elle vers son royaume...

Auxane envoya un bout de bois encore vert dans le feu, qui diminua d'intensité. Enfin, le foyer arrêta d'émettre des couleurs insolites. Peu de temps après, Élias et Sandros ouvrirent les yeux, étonnés de découvrir où ils étaient.

— J'ai sûrement des côtes cassées ! Ou alors, je suis mort ! Personne ne peut survivre à une telle chute.

Sandros se mit à rire, un rire nerveux et maladroit. Un rire qui faisait du bien dans ce moment de grande panique. Enfin, il reprit possession de ses réflexes et constata, tout en se tâtant le corps :

— Je crois que je vais plutôt bien... J'ai même dormi, enfin, je crois. C'est fou ! Dans la chute, je n'arrivais même pas à me transformer en aigle... Il y avait quelque chose de plus fort que ma volonté.

Élias rendit la dague à Sandros et en ramassant la pierre de corail rouge, il constata qu'elle s'était fendue en trois. Il allait en informer ses amis quand il remarqua que le décor avait changé. Les parois de terre avaient complètement disparu devant eux et une espèce de grotte s'ouvrait largement. Au fond, ils entendaient un souffle rauque qui n'avait rien de très invitant. Élias observa ses amis et décida d'enfouir la pierre brisée dans sa poche. Révéler cette désastreuse découverte pouvait sans doute attendre un moment plus propice.

— Nous devrions avancer, proposa Auxane.

— Nous ne pouvons guère retourner d'où nous venons de toute façon ! Il faut trouver une autre issue, c'est évident.

Élias venait de jeter un regard lugubre vers le sommet, invisible, puis vers cette grotte où le souffle rauque alternait maintenant avec des grognements.

— Marchez prudemment. J'entends de l'eau, sûrement une rivière souterraine !

En avançant vers la grotte, ils constatèrent qu'à l'intérieur, une lumière naturelle émanait des murs. Sandros murmura qu'il s'agissait d'une variété d'algues qui avaient la propriété d'être luminescente. La clarté se faisait de plus en plus lumineuse tandis qu'ils avançaient, rendant leur progression plus aisée. Bientôt, ils découvrirent une large rivière qui traversait la grotte de part en part, leur bloquant l'accès.

Quant à faire demi-tour, il ne fallait même pas y songer. La corde qui leur avait été donnée par les Myrmadès ne serait jamais assez longue pour remonter à la surface !

— Nous aurions dû choisir les glaives. Nous aurions pu nous en servir en les plantant au fur et à mesure de notre remontée, comme des alpinistes, regretta Élias à haute voix.

Tandis qu'ils débattaient à qui mieux mieux de la suite des évènements, un épouvantable grognement se fit entendre, puis un second. Élias fut le premier à se retourner, son bouclier de bois prêt à servir. Sandros se positionna à ses côtés, épaule contre épaule, la dague fermement en main.

Ils le virent en même temps…

Une longue flamme jaillit. Les garçons eurent juste le temps de se jeter au sol pour ne pas finir grillés comme deux vulgaires poulets. Auxane ne bougea pas et laissa le feu la traverser. Seule sa tunique jaune rayon de miel ondula, comme sous l'effet d'une brise. L'apprentie se mit à genoux et commença à parler. Élias et Sandros se redressèrent, sûrs qu'Auxane avait perdu la raison. À cause de la chute, peut-être ? Elle n'était pourtant pas si différente. Mais pouvait-on se rendre compte quand la folie prenait possession de quelqu'un ?

— Nous sommes venus, comme l'oracle des trois soleils nous l'a demandé, noble et fier Tien-Lung.

Élias et Sandros continuaient de douter du comportement d'Auxane, tout en lorgnant vers le monstre, enfermé derrière une large grille. La créature ailée mesurait facilement trois mètres. Ses écailles luisaient étrangement, réfléchissant sans doute les parois aux algues lumineuses de la grotte. On aurait pu jurer que le gigantesque dragon était coupé en deux, car le haut de son corps était d'un blanc net tandis que le bas, à partir du ventre, était noir. Élias ne put s'empêcher de penser au symbole chinois du yin et du yang, féminité et virilité, passivité et activité, lune et soleil..., l'ensemble formant le dao, le moteur qui anime les êtres vivants. Élias sursauta quand l'effroyable dragon se mit à parler d'une voix énorme :

— Oui, je suis bien Tien-Lung, gardien et concierge des demeures royales ! Mais je ne vous vois point. Je ne puis que vous sentir... Et mes nasaux me démangent de vous réduire en cendres...

Auxane reprit, aussi calmement que si le monstre lui avait ouvert son cœur :

— J'apporte réconfort auprès de vous, noble et fier Tien-Lung. Nous sommes les élus de Zeus. Votre vision rejaillira grâce à ce corail rouge, issu de la tête de Méduse. Votre connaissance ancestrale renaîtra comme il se doit avec votre œil qui retrouvera sa place légitime.

— Tu parles avec justesse, jeune Auxane. Pourtant, ton odeur est neutre, indéchiffrable. Mes repères sont amoindris. Je me dois de demeurer prudent ! L'œil de corail rouge qui me fait défaut m'a été retiré par duperie.

Les trois élus se regardèrent, surpris par cette information. La même question, muette, naquit dans l'esprit de chacun : « Comment pouvait-on enlever un œil à un dragon tel que Tien-Lung ? »

— Nous sommes ici pour vous remettre votre œil unique, noble et fier Tien-Lung. Laissez-nous trouver le moyen de passer la rivière...

— Si vous êtes ceux que vous dites, vous y parviendrez... Mais hâtez-vous, je me dois d'accomplir mon gardiennage ou je meurs...

La dernière phrase du dragon cyclope s'était répercutée contre les parois et résonnait encore tandis que les trois élus cherchaient une solution. En observant les alentours, Sandros repéra une longue passerelle relevée, sur la rive opposée. Elle semblait se manœuvrer par un levier, lui aussi de l'autre côté ! Trop loin pour espérer l'atteindre avec la corde, même en formant un lasso. Mais un être aérien pourrait y parvenir... Sandros se transforma en aigle sous l'approbation d'Élias, qui envia cette faculté de métamorphose. Tandis que le rapace allait prendre son envol, une lourde cage tomba brutalement du plafond. Prisonnier, l'oiseau de proie donna de furieux coups de bec contre les barres de métal. Élias et Auxane ne réussirent pas plus à soulever la cage.

— Qu'est-ce qu'on peut faire, Auxane ? Il ne peut pas boire une autre urine pour se sortir de là ? Je ne sais pas moi, du pipi de mouche par exemple ?

Auxane secoua la tête, soucieuse. Mais la cage se volatilisa soudain et Sandros reprit sa forme humaine.

— Cela n'a aucun sens, réfléchit-il. Quelqu'un ou quelque chose m'empêche de me servir de ma capacité à voler pour aller activer ce levier qui nous nargue ! On fait quoi maintenant ? On lui balance son œil de corail rouge et hop ! il essaye de l'attraper avec ses griffes ?

Maussade, Élias poursuivit l'idée de Sandros :

— Ce serait aussi bien ! J'ai quelque chose d'assez désagréable à vous dire, en fait...

Intrigués, Sandros et Auxane observèrent Élias, qui hésita une fraction de seconde avant d'enfouir sa main dans sa poche. Il en ressortit la pierre de corail rouge en trois morceaux. Sandros ouvrit la bouche d'étonnement, mais Auxane demeura imperturbable, confiante.

— Tout va bien, Élias ! Ce que tu tiens dans tes mains, ce sont les yeux des trois dragons que nous devons rencontrer en premier pour accomplir l'oracle des trois soleils.

— Quoi ? Trois dragons ? Un seul, ce n'était pas assez ? s'exclama Élias, abasourdi.

— Les dragons sont les protecteurs des Terres d'Éphoria depuis des temps immémoriaux. Ils sont la sagesse et la connaissance incarnées, expliqua Auxane.

— Sauf quand ils sont enfermés, jeta Sandros, sarcastique.

— Enfermés, et aveugles de surcroît, reprit la jeune prêtresse, un reproche clair dans ses pupilles grises. Chaque Terre d'Éphoria a toujours été protégée par un dragon.

— Tu veux dire qu'il y a neuf dragons cyclopes aveugles en ce moment à Éphoria ?

Auxane hocha la tête gravement et précisa :

— Il y a un nouveau cycle tous les trois mille ans. À la fin d'un cycle, les dragons gardiens des Terres vont se reposer dans le territoire de repos des dragons, un lieu interdit aux mortels de notre espèce. De jeunes dragons deviennent gardiens pour un nouveau cycle. Mais vu leur jeunesse, ils sont plus vulnérables, car leur sagesse est peu aguerrie. La personne qui les a dupés le savait et elle a profité de ce changement cyclique pour anéantir leurs pouvoirs sur la connaissance ancestrale et prendre un ascendant certain sur la population d'Éphoria.

— Drakéon ! jeta violemment Sandros.

— Peut-être est-ce lui, peut-être pas ! De toute façon, le problème demeure le même.

— Pourquoi ne pas avoir détruit les yeux, tout simplement ?

C'est le dragon qui expliqua, de sa voix énorme :

— Trop grand aurait été le risque... Les dragons ancestraux sur Éphoria auraient surgi. Cette personne fourbe a préféré dissimuler nos yeux, interdisant ainsi l'intervention de mes ancêtres. Hâtez-vous de venir à moi, jeunes gens aux odeurs neutres et insipides.

Sandros allait jeter un commentaire acerbe quand Auxane le devança vivement :

— Nous cherchons toujours un moyen, fier et noble Tien-Lung ! Le courant de la rivière est trop fort, nous ne pouvons la traverser.

— Si seulement nous avions choisi le boomerang chez les Myrmadès, on aurait peut-être pu ainsi manœuvrer le levier ! regretta Élias.

— Le boomerang ne nous aurait été d'aucune aide pour sauver Auxane des eaux du lac Arc-en-ciel..., justifia Sandros, le front plissé par une recherche de solution.

Élias explosa soudain :

— Mais oui, c'est ça ! Je n'aurais pas sauvé Auxane et je n'aurais pas reçu le don de Yéléna... Le souffle de Borée.

— Je ne te suis pas ?

— Vous m'avez expliqué que Borée était le vent du nord. J'ai reçu en don le souffle violent du nord, c'est-à-dire du froid ! Je dois pouvoir transformer cette rivière grondante en rivière gelée !

Sandros se demanda si son ami n'était pas devenu fou à son tour, mais il comprit soudain que c'était loin d'être insensé. Élias recula un peu.

— Je vais souffler, et souffler tellement fort que votre maison va s'effondrer ! s'exclama-t-il de façon théâtrale.

Élias reprit vite son sérieux devant l'air étonné d'Auxane et Sandros... Il leva la main dans un geste futile, précisant tout en bafouillant :

— C'est une histoire que ma mère me racontait quand j'étais petit... C'est plus fort que moi. C'est tellement bizarre d'avoir à souffler ainsi, je me vois en grand méchant loup...

Rougissant, il abandonna ses explications devant les yeux toujours interrogateurs de ses amis. Il se concentra finalement sur son souffle, loin d'être convaincu par son idée. Pourtant, quand l'air franchit ses lèvres, il crut qu'il allait exploser tant la bourrasque était violente. Tous remarquèrent en même temps que la rivière changeait de couleur, pour durcir et geler presque instantanément. Élias cessa de souffler et un léger vertige l'envahit. Dans un état second, il s'assit sur le sol. Instinctivement, il pencha la tête en avant pour irriguer son cerveau, comme il avait appris à le faire lors de son brevet de secourisme. Décidément, il n'aurait jamais cru bénéficier autant de ses connaissances médicales. Pendant ce temps, la tempête de Borée se calma. Élias se releva doucement et, encore un peu blême, lança à la ronde :

— Alors, on la traverse cette rivière ?

De près, le jeune dragon... de seulement trois mètres semblait encore plus monstrueux ! Élias remarqua l'orbite creuse. Auxane se posta à ses côtés :

— Dépêche-toi, Élias, pose une pierre de corail rouge dans la cavité.

— Laquelle choisir ? Elles sont identiques.

L'énorme dragon cyclope intervint et fit sursauter Élias :

— Ta sagesse doit te guider !

— Ma… ma sagesse ?

Élias hésita puis, sous une impulsion, toucha le bord de son bouclier de bois. Il se sentit aussitôt envahi par une présence. Élias tendit la main vers l'un des morceaux de corail rouge :

— Baissez votre tête, fier et noble Tien-Lung.

L'immense tête se retrouva tout prêt d'Élias, qui sentait son souffle un peu trop chaud à son goût. Le jeune élu enfonça le bout de corail dans la cavité sombre du dragon cyclope. Une lumière rouge jaillit et envahit la grotte tout entière. Des myriades d'étoiles explosèrent, puis plus rien. Élias, Sandros et Auxane fixèrent le dragon alors que, d'une patte griffue, il les propulsa sur la rivière gelée. Il cracha une vague enflammée juste à côté. Les trois élus ne purent rien faire ; le sol se liquéfia sous eux. Ils furent entraînés par le courant furieux, incapables de résister. Leurs hurlements se répercutaient contre les parois et étaient parfois assourdis par l'eau qui entrait dans leurs bouches trop souvent ouvertes. Les tentatives pour rester à la surface demeuraient vaines. L'eau était froide, les mouvements devenaient lents. Le corps engourdi, ils se laissèrent sombrer, vaincus dans ce combat trop inégal...

STROKKUR

Quand la lumière des trois soleils jaillit de nouveau, Élias ferma les yeux, ébloui. Il entendait Sandros hurler non loin. Il se réhabitua à la clarté et constata avec effroi qu'il se trouvait au sommet d'un geyser, qu'il estima à soixante-dix mètres au-dessus du sol ! Quant à Sandros, il jaillissait d'une autre source d'eau chaude toute proche. Auxane était introuvable. Un inconfort enserra Élias ; il repensa au lac Arc-en-ciel et à Auxane qui glissait vers le fond… L'eau ne semblait pas être son élément de prédilection… Élias secoua la tête. « Non ! décida-t-il. C'est impossible. Ne faisait-elle pas partie intégrante de l'oracle des trois soleils ? » Pourtant, une voix insidieuse lui chuchotait qu'elle avait tout révélé de ce qu'elle savait dans la grotte avec le redoutable dragon Tien-Lung, détenteur des connaissances ancestrales et l'un des grands sages d'Éphoria…

Élias promena son regard tout autour, l'espoir au ventre. Au loin, une longue flamme sortait par intermittence. Un geyser de feu ? Il observa ce phénomène qui se répétait inlassablement. Un frisson lui parcourut la colonne vertébrale. Heureusement qu'ils avaient débouché sur ce geyser d'eau chaude au lieu de cet autre... De nouveau, l'image d'Auxane, noyée s'imposa. Il la chassa furieusement, l'esprit hagard. Dans un même temps, il prit conscience que le geyser se calmait. Il se rapprochait du sol, un peu trop vite à son goût. Il se positionna tant bien que mal sur la masse d'eau. Dès qu'il se sentit prêt, il sauta. Après un roulé-boulé plus ou moins réussi, il se retrouva sur la terre ferme. Tandis qu'il observait les vapeurs créées par les innombrables geysers qui s'évacuaient vers l'est, il découvrit un aigle qui volait vers lui. Le rapace piqua vers le sol et Sandros reprit sa forme en s'ébrouant.

— Wow ! Quelle sortie... Tu vas bien, toi ?

— Oui, mouillé, mais ça va...

— Moi, j'ai séché en vol !

Sandros s'esclaffa avant d'arrêter brutalement. Il se retourna de tous les côtés, puis questionna Élias qui confirma ses craintes. Élias ajouta même :

— Il semble y avoir des geysers de feu un peu plus loin…

— Auxane ne peut pas nous laisser tomber ! On a besoin d'elle ! Yéléna a dit qu'elle devait nous guider.

Sandros était furieux. Pas contre Auxane ou Élias… Plutôt contre lui-même. Il avait l'impression qu'il aurait dû faire quelque chose… Il aurait pu essayer de nager vers elle… Il aurait pu… Sandros cessa de s'apitoyer et partit brusquement en direction de chacun des geysers. Élias le regarda un instant puis se laissa choir sur le sol, la tête entre les mains. Un long grondement les interrompit tous les deux. Ils sentirent distinctement le sol trembler… Après un échange silencieux, ils écoutèrent. Le grondement se reproduisit.

— Ce n'est pas un tremblement de terre ! lança Sandros.

— Et ça vient des geysers de feu.

— C'est le deuxième dragon, Élias ! Allons-y. Nous devons lui rendre son œil. Nous devons poursuivre l'oracle et honorer la mémoire d'Auxane.

Élias hocha la tête pour confirmer sans joie :

— C'est ce qu'elle aurait voulu.

Les deux garçons marchaient en observant ce lieu étrange. Sandros ne reconnaissait rien. Il était convaincu de ne plus être sur les Terres Herbeuses. Aussi loin que son regard portait, les herbes étaient roussies tout comme les arbres qui semblaient pourtant toujours en croissance. Le monde végétal s'adaptait à cet environnement. Les geysers n'y étaient peut-être pas étrangers même si l'eau y était chaude...

— Nous sommes sur les Terres Brûlées ! comprit brusquement Sandros. C'est la seule explication. La rivière souterraine nous a transportés et éjectés par les geysers...

— Tu es déjà venu ici ?

Sandros hocha négativement la tête et précisa :

— Mon oncle Fardios m'en a déjà parlé. Il y est venu à quelques reprises dans sa jeunesse. Il m'a affirmé que les Terres Brûlées renfermaient de nombreuses rivières souterraines. Beaucoup sont des rivières de lave, ce qui expliquerait...

— Ce n'est pas si difficile à croire en tout cas, le coupa vivement Élias, cela expliquerait la formation de ces geysers. Il doit aussi y avoir des rivières d'eau près des rivières de lave. L'eau chauffe puis sort en explosant quand la pression est trop forte…

Sandros confirma du menton tout en scrutant les geysers qui jaillissaient régulièrement. Ils devaient sans cesse surveiller leurs pas pour ne pas être entraînés de nouveau dans les airs. Élias avait eu de la chance. Inutile de répéter l'exploit. L'expérience d'Auxane avait été suffisante.

Beaucoup plus tard, les deux garçons s'arrêtèrent, soufflés par deux étendues d'eau immenses : deux lacs d'un rouge qui ne leur était pas étranger.

— Ils ont exactement la même couleur que le corail… comme dans la grotte de Tien-Lung. Nous devons continuer, c'est par ici ! s'enthousiasma Élias.

— Contournons ces lacs. Le protecteur des Terres Brûlées doit être dans le secteur. On va finir par tomber dessus !

— Je n'aurais jamais cru vouloir trouver un dragon un jour ! souffla Élias.

Le silence enveloppa de nouveau le duo, mais deux mètres plus loin, ils sursautèrent devant une barrière de feu.

— Élias, je… je crois que nous avons trouvé le protecteur des Terres Brûlées.

— C'est plutôt lui qui vous a trouvés !

Les deux garçons auraient reconnu cette voix entre toutes ! Un sourire de bonheur illumina leur visage quand Auxane se présenta devant eux. Ses cheveux blancs et raides étaient tout ébouriffés, lui donnant un air espiègle. Sa joue droite montrait des traces noirâtres. De la suie, résultat d'une brûlure ? En tout cas, Auxane semblait en forme. Elle rayonnait même ! Elle appela doucement :

— Vous pouvez sortir, Strokkur, grand gardien ancestral des Terres Brûlées.

Deux longues cornes recourbées à l'arrière d'un front en relief surgirent du second lac rougeâtre. Les cornes à elles seules étaient longues comme des bras !

— C'est encore un jeune dragon ? questionna Élias, narquois, sans attendre véritablement de réponse.

La vision cauchemardesque continua. La tête émergea, hideuse, carrée. Sous le sourcil épais et noir, l'orbite vide semblait les menacer. Cela troubla Élias, qui n'arrivait pas à détacher ses yeux de la cavité sombre. Strokkur continua à se hisser hors du lac. Deux énormes paires d'ailes se déployèrent à partir du buste constitué d'anneaux superposés. Un corps de serpent, comprit bientôt Élias, un corps allant d'un rouge du plus clair au plus foncé. L'animal commença à survoler le lac rougeâtre, puis s'immobilisa, se détachant nettement dans le ciel bleu. L'image des sirènes s'imposa au jeune garçon. Elles aussi survolaient le lac, mais avec beaucoup plus de grâce. Quelle ironie : les sirènes étaient malfaisantes tandis que ce dragon redoutable était un bienfait pour Éphoria.

Le serpent cyclope avait une queue gigantesque au diamètre impressionnant, qui s'enroulait sous lui comme s'il allait rebondir tel un diablotin sortant de sa boîte. Pourtant, à y regarder de plus près, il ne pouvait guère aller bien loin ; ses ailes étaient enserrées dans un large anneau de métal et une longue chaîne se perdait dans les profondeurs du lac.

— Il est temps de vous redonner la vue de vos ancêtres, Strokkur, grand gardien des Terres Brûlées…

Élias sortit les deux bouts de pierre de corail rouge restants, puis posa machinalement une main sur le rebord de son bouclier de bois. Un sourire confiant éclaira ses traits et ses yeux se posèrent sur la pierre près de son pouce. Il rangea l'autre soigneusement.

— Je vais m'en occuper, proposa Sandros.

Aussitôt, il se transforma en aigle et vola avec aisance jusqu'au bras d'Élias. Avec l'une de ses griffes, il attrapa la pierre et s'envola vers Strokkur, qui s'agitait un peu, à l'écoute des mouvements autour de lui. L'œil fut placé par l'aigle avec une facilité déconcertante. Tandis que Sandros rejoignait ses amis, le même phénomène que dans la grotte se produisit. Une vive lumière émana soudainement de partout et des étincelles jaillirent. Strokkur se mit en mouvement et tourna sur lui-même tout en déployant sa longue et massive queue. Élias eut juste le temps de remarquer que cet appendice se terminait en triangle avant de crier que le serpent allait les percuter. Ils ne purent s'écarter à temps et tous les trois se retrouvèrent à hurler en voltigeant dans les airs...

Élias et Auxane subissaient toujours l'impulsion donnée par le puissant coup du dragon Strokkur. Ils savaient qu'ils ne tarderaient pas à perdre de l'altitude. C'était une loi immuable... Leur corps obéirait à l'attraction terrestre sous peu. Que se passerait-il ensuite ? Élias n'osait s'y attarder. En désespoir de cause, il hurla :

— Fais quelque chose, Sandros !

L'écuyer volait dans les airs tout en criant. Pour un peu, Élias aurait juré qu'il faisait des vocalises d'oiseaux de proie ! Pourtant, sentant la détresse de son ami, Sandros planta son regard jaune-brun dans les yeux verts d'Élias. Ce dernier hurla encore, mais pour une tout autre raison. L'aigle tourna la tête et en découvrit la cause.

Deux énormes aigles royaux volaient avec puissance dans leur direction. Sandros connaissait ces créatures, pour en avoir entendu parler par des conteurs... Et il avait vu l'un d'eux lors de ce rêve étrange... Les deux aigles se placèrent sous Élias et Auxane, dont la peau d'habitude si pâle avait pris une teinte rose parme. Sandros volait à leurs côtés. Le rapace paraissait minuscule face aux deux géants aériens.

Élias s'agrippa aux plumes tant bien que mal. Son cœur battait la chamade. Enfin, il reprit ses esprits et réalisa qu'ils venaient d'être sauvés. Il s'appliqua alors à respirer calmement et se sentit mieux, même s'il ne savait pas qui étaient ces aigles : étaient-ils pour ou contre eux ? Élias préféra éluder ce dilemme dans l'instant et se mit à observer la contrée. De hautes montagnes, ou plutôt leurs sommets, étaient visibles. Le reste des terres demeurait masqué par une brume opaque.

Les aigles géants piquèrent sans crier gare, ce qui incita Élias à raffermir sa prise. Ils percèrent sans hésitation et sans peine la brume. Élias commençait à avoir les jointures douloureuses et c'est avec un plaisir évident qu'il retrouva la terre ferme. Aussitôt, Sandros reprit sa forme humaine, mais il ne fut pas le seul à se transformer. À la stupéfaction des trois élus, les deux aigles géants rapetissèrent graduellement, tout en se muant en deux êtres humains qui leur arrivaient à la taille !

— Quand nous sommes humains, nous ne sommes pas très grands, confirma en souriant celui qui avait transporté Élias. Je me présente : je suis Altaïr, le démarque du maigre village des airs et des montagnes des Terres Brumeuses. Et voici mon épouse, Ganymédia. Nous avons entendu les appels du petit aigle…

Sandros n'en revenait pas. Il avait toujours pensé que les légendes avaient leur part de vérité, mais c'était la première fois qu'il était confronté à cette réalité. Il lui semblait impossible que son rêve n'ait rien à voir avec ce qu'il vivait à présent.

Les habits particulièrement modestes du couple les étonnèrent également. Ils portaient tous deux une longue tunique de bure, sans ceinture, et ils étaient nu-pieds. Altaïr avait des cheveux noirs et courts, avec un reflet doré prononcé sur le sommet de la tête. Quant à Ganymédia, ses superbes cheveux d'or tombaient librement jusqu'aux chevilles. Ses yeux d'un brun profond et lumineux scrutaient les trois jeunes amis avec une sagacité toute silencieuse.

— Démarque des Terres Brumeuses, pourquoi avez-vous dit « maigre village » ? questionna Auxane.

Ganymédia prit la parole. Sa voix, incroyablement belle, sonna comme une mélodie aux oreilles des trois élus. Sa douceur commandait l'écoute et le respect, et la tristesse qui se dégageait de ses propos semblait traverser chaque parcelle de son corps pour percuter l'auditoire.

— Vous reviendrez connaître l'histoire de notre village plus tard. Pour l'heure, vous devez vous hâter. Le dernier soleil descend à l'horizon. Il vous faut remettre son bien au dragon des Terres Brumeuses avant son déclin.

— Comment pouvons-nous trouver celui que nous cherchons ? désespéra Élias.

— Regardez mieux, courageux jeunes gens, choisis de Zeus…

L'instant d'après, Altaïr et Ganymédia redevenaient des aigles géants au plumage brillant.

Songeuse, Auxane les regarda s'envoler vers les montagnes. Ils disparurent bientôt dans la brume qui masquait le ciel. La jeune prêtresse se reprochait d'avoir été incapable de se transformer en cheval ailé. Elle avait besoin de plus d'entraînement, d'une plus grande écoute de son corps ! L'issue aurait pu être catastrophique sans l'intervention de ces aigles ! Elle baissa son regard, et ces pensées troublantes furent chassées par la vue de l'entrée d'une grotte, là où elle aurait juré qu'il n'y avait rien auparavant.

— Je crois que nous sommes attendus, dit-elle aux deux garçons en esquissant un sourire.

Élias et Sandros suivirent son regard et découvrirent une sorte de bosse devant l'ouverture de la grotte. Ils approchèrent, méfiants. Plus ils avançaient et plus cette curieuse bosse ressemblait à une grosse tortue. Élias n'avait jamais rien vu de semblable : une tortue géante, selon toute apparence, arborant une carapace complètement recouverte de poils ! Mais lorsqu'il distingua les quatre pattes en écailles noires qui se terminaient par quatre grosses griffes longues de un mètre au moins, Élias stoppa net. Sandros, un peu distrait, le percuta.

— Je vous ai entendus, jeunes gens. Rendez-moi mon œil unique afin que je protège ces Terres Brumeuses. Je sens que les trois soleils sont à leur terme...

« Ce dragon cyclope ne s'embarrasse pas de préambule ! » songea Élias. Il tendit le dernier morceau de corail rouge à Auxane qui s'était postée devant lui, dans une attente silencieuse. Le dragon-tortue cyclope baissa la tête, déclenchant un cliquetis désagréable aux oreilles. Tous découvrirent le lourd collier métallique relié à une chaîne qui s'enfonçait dans la grotte.

— Merci, jeune Auxane. Ta route d'apprentie prêtresse se poursuit bien. Mais des périls vous menacent. Prenez garde, jeunes gens... Vous ne serez peut-être plus trois à la fin ! avertit le dragon.

Sa voix caverneuse semblait se répercuter contre l'intérieur de la carapace de poils. Quand la pierre de corail retrouva sa place dans l'orbite vide du dragon-tortue, aucune lumière ne jaillit. Cette fois, la brume, déjà épaisse au-dessus de leur tête, descendit et les enveloppa. Auxane comprit que ce brouillard émanait du souffle même du dragon-tortue cyclope qui gardait la bouche ouverte. L'instant d'après, une image scintilla, puis devint plus nette. Yéléna apparut, radieuse. Ses cheveux argentés tombaient sagement tout autour d'elle. La grande prêtresse et le dragon-tortue échangèrent quelques mots. Enfin, Yéléna se tourna vers les trois élus et expliqua :

— Vous avez accompli la première épreuve de l'oracle des trois soleils à temps. Félicitations. Il n'en reste plus que deux ! Héra vous remercie d'avoir libéré sa messagère Iris. Et Zeus m'a confié un message pour la suite de votre mission. Écoutez bien, cela ne vous sera pas répété…

D'une voix forte, elle clama : « Dans les tissus les plus humbles se dissimulent des trésors. » Le nuage brumeux s'évapora presque aussitôt, emportant Yéléna. Quand Élias voulut questionner le dragon-tortue, il découvrit que l'entrée de la grotte était vide… Il ne restait que des traînées sur le sol terreux, preuve qu'ils n'avaient pas rêvé la présence de ce dragon étrange.

— Bien, je propose que nous mangions et dormions. Nous réfléchirons ensuite à la prochaine mission, raisonna sagement Auxane.

En effet, leur estomac criait famine. L'air bourru, Sandros et Élias s'exclamèrent presque en même temps :

— Et on mange quoi ?

La jeune apprentie tendit un bras et observa, taquine :

— Altaïr est venu pendant que nous parlions au dragon-tortue… Il a laissé une bonne partie de leur chasse… Je crois que nous serons comblés autour d'un bon feu.

12

LE VILLAGE D'ALTAÏR

Étendus à même le sol terreux, Élias, Sandros et Auxane se laissèrent aller à la nuit, fourbus par les aventures des derniers jours. Au matin, ils furent surpris de découvrir le ciel bleu, pourtant masqué la veille par cette brume permanente. Auxane se leva prestement, tandis qu'Élias et Sandros s'étiraient mollement. En jetant un coup d'œil autour d'eux, ils comprirent qu'ils avaient été transportés au village des Terres Brumeuses durant la nuit… Ganymédia les accueillit en souriant et leur proposa un plateau végétal contenant des baies qui leur étaient inconnues.

La dizaine de villageois que comptaient les Terres Brumeuses s'installa autour des élus. À la demande d'Auxane, Altaïr entreprit de raconter le triste sort de son peuple. Le petit homme ne s'était pas fait prier et son regard brun avait brillé de façon étrange, comme s'il avait une connaissance différente des autres… Auxane aurait juré que c'était le cas.

Altaïr avait choisi de conter la tragédie en prenant l'apparence du somptueux aigle royal. De sa voix puissante, il capta l'attention de tous :

— Il y a des jours et des jours, un enfant de notre village a découvert une grotte et y est entré, par curiosité. Je ne le blâme pas ! J'aurais sans doute fait la même chose à son âge. À son retour, l'enfant nous a raconté qu'il avait découvert un homme borgne, blessé et affamé. Cet homme était un géant et demandait de l'aide. Deux villageois habitués aux soins sont allés le voir avec de la nourriture et l'ont aussi soigné. À partir de ce moment, nous avons pris l'habitude d'aller nourrir ce pauvre homme, incapable de sortir de sa grotte tant il était grand. Tout le village le connaissait et personne ne le craignait. Rapidement, il a commencé à devenir plus gourmand et plus exigeant. Pourtant, il nous était impossible de l'abandonner à son triste sort.

« C'est alors que des villageois commencèrent à disparaître... Un funeste jour, nous avons compris que nous étions la source de nourriture de Tantale ! Ce même Tantale qui avait été condamné par les dieux de l'Olympe à

souffrir éternellement de la faim et de la soif…
Il avait réussi à s'enfuir du royaume souterrain de Hadès et il s'était retrouvé sur les Terres
Brumeuses… Tantale est un être vil et malfaisant… Regardez, notre village est dépeuplé. Il
parvient toujours à attirer l'un d'entre nous
par ruse. Nous croyons qu'il est responsable
de ces mystérieuses disparitions et qu'il dévore
nos villageois ! Chaque jour, nous condamnons
l'entrée de sa grotte, mais elle s'ouvre chaque
matin. Parfois, d'autres ouvertures apparaissent
aussi. Ce sont ses doigts qui poussent les roches
que nous empilons… »

— Altaïr dit vrai ! Un jour, j'ai vu un de ses
doigts le faire. J'ai juste eu le temps de m'enfuir avant qu'il m'attrape…

La femme qui venait d'intervenir semblait
revivre cet épisode terrible. Elle se mit les deux
mains sur le visage et pleura, les épaules
secouées. Ganymédia l'entoura et lui prodi-
gua des paroles réconfortantes.

— Que pouvons-nous faire pour vous
aider ? questionna Sandros, particulièrement
sensible aux épreuves de ce village puisqu'elles
s'apparentaient à sa propre expérience avec
sa jeune cousine et les Myrmadès.

Élias allait rétorquer qu'ils avaient une mission à accomplir, mais il préféra se taire. Sandros était son ami et s'il jugeait qu'ils devraient aider ces villageois, il ne voulait pas le décevoir même s'il ne voyait pas ce qu'ils pourraient faire.

— Nous ne descendons que très rarement à ce niveau à présent. Nous préférons vivre au sommet des montagnes. Mais nous voudrions reprendre possession de toutes nos Terres Brumeuses.

— Vous en avez parlé à Drakéon ?

— Oui ! Par l'entremise de son ministre des impôts qui passe chaque année. Il était furieux la dernière fois. Il s'est plaint du maigre tribut. Notre prêtre est allé prendre audience auprès de Drakéon pour trouver une solution. Nous attendons toujours... J'ai l'impression qu'il a échoué, à moins qu'il n'ait trouvé malheur en chemin ! Notre prêtre avait catégoriquement refusé de se transformer en aigle pour aller à la cité d'Éphoria. Il disait qu'il devait se comporter en terrien de la sagesse.

— Tout ceci ne me dit rien qui vaille ! lâcha Élias, emporté par le récit.

Il ne comprenait pas pourquoi le roi d'Éphoria aurait refusé d'aider son peuple, sauf s'il y trouvait un certain intérêt... Comme en écho, Auxane souffla :

— Drakéon a toujours rêvé de pouvoir se transformer en aigle, je crois.

Le démarque approuva tout en fixant longuement Sandros.

— Il a essayé de boire l'urine de l'aigle royal à plusieurs reprises durant les pleines lunes. Sans succès...

— Vous croyez que Drakéon pourrait chercher à exterminer votre village au lieu de vous aider... par simple dépit ?

Un lourd silence suivit la question d'Auxane. Enfin, Ganymédia haussa les épaules :

— Il serait vain d'envisager une telle possibilité sans preuve...

— Conduisez-nous près d'une entrée de cette grotte ! Nous allons vous libérer de ce Tantale ! Zeus n'est-il pas avec nous, mes amis ?

Sandros s'était levé tout à coup et brandissait sa dague, d'un bras plein d'assurance. Élias se leva d'un même élan en agrippant son bouclier de bois, la mâchoire contractée.

— Je viens avec toi !

Auxane se sentit soudain envahie par un sentiment de solitude, d'impuissance. Son esprit lui disait de suivre le mouvement, mais son corps refusait de bouger. Seuls ses yeux semblaient capables de se mouvoir en tous sens :

— Je ne puis vous suivre ! confessa-t-elle en désarroi. Je ne puis vous suivre…

Un curieux halo bleu l'enveloppait de toute part, la figeant sur place. Les sourcils froncés par l'inquiétude vis-à-vis de la jeune apprentie, les deux garçons durent pourtant détourner leur attention pour écouter Altaïr, de nouveau en petit être humain, qui tenait quelque chose dans les mains. De sa voix forte, il expliqua :

— Hermès, le messager de Zeus, est venu nous remettre ce casque durant la nuit. Il l'a dérobé à Hadès, le dieu du monde souterrain. Il devra le lui rendre, nous a-t-il expliqué. Mais il ne peut servir qu'à l'un d'entre vous. Il est bien trop grand pour notre peuple !

Sandros regarda Élias, puis le casque et enfin sa dague. L'instant d'après, il prenait le casque en main et l'enfonçait d'autorité sur la tête d'Élias qui resta sans réaction. Le casque, tout en bronze, masquait intégralement la tête, mais la visière, relevée pour l'instant, laissait voir l'expression incrédule du jeune garçon.

— Je n'ai pas besoin d'un casque, mais si tu dois m'accompagner, Élias, il te faudra cet attirail !

Du même coup, et d'un air malicieux, il referma la visière, ce qui provoqua des cris de stupeur parmi les villageois. Élias venait de disparaître sous leurs yeux. Quelques secondes plus tard, Élias ouvrit de nouveau la visière et son corps réapparut.

— Ce casque te permet d'être invisible, Élias ! C'est prodigieux ! Nous allons mettre à mal votre Tantale, mes amis ! Foi de Sandros et d'Élias ! lança-t-il d'une voix triomphante en se tournant vers la poignée de villageois.

Le village acclama cette dernière envolée verbale avec bonheur et grand bruit, mais des doutes subsistaient dans les esprits... Ils étaient bien jeunes, ces élus de Zeus...

Altaïr et Ganymédia transportèrent Sandros et Élias près d'une des entrées de la grotte de Tantale. Ils leur souhaitèrent bonne chance et retournèrent au village des Terres Brumeuses.

• • •

Fassis, le garde qui avait eu la main tranchée par le Myrmadès, revenait d'une visite auprès du prêtre des Terres Brumeuses. Le pauvre homme avait été jeté dans un cachot, tout près de celui où avait été enfermé Hymenopte, le Myrmadès aux longues oreilles poilues. Le prêtre portait un habit de bure sale et troué. Il avait, une fois de plus, imploré l'aide de Fassis afin d'obtenir une audience auprès du roi. Drakéon devait à tout prix intervenir pour sauver son peuple de l'emprise de Tantale ! Mais au lieu que ses supplications fussent entendues, il n'avait reçu qu'incompréhension et brutalité. Fassis menaça de lui arracher la langue s'il ne cessait de gémir de la sorte. Le prêtre se jeta sur sa paillasse moisie, incapable de se transformer en aigle tant l'espace était réduit en ce lieu. Il regrettait amèrement ses choix.

En chemin, il avait eu maille à partir avec une bande de voleurs qui l'avait roué de coups en se rendant compte qu'il n'avait rien sur lui. En piteux état, il s'était retrouvé au palais devant Fassis et une poignée de gardes. Il avait imploré l'aide du roi, mais Fassis l'avait plutôt envoyé au cachot pour qu'il retrouve la raison, convaincu que l'homme était ivre et qu'il avait peut-être aussi l'esprit dérangé.

Recroquevillé sur sa paillasse crasseuse, le prêtre entendit son voisin d'infortune crier en langue Myrmadès qu'il se vengerait. Le prêtre des Terres Brumeuses ne croyait pas en la vengeance. La justice devait voir le jour de façon naturelle, s'était-il toujours évertué à clamer autour de lui... Des larmes glissèrent, qu'il dissimula entre ses mains rugueuses.

• • •

Dans le goulot étroit de la grotte, Élias, le souffle court, avait refermé la visière du casque d'Hadès, ce qui l'avait rendu invisible. Sandros marchait derrière, à quelques foulées. Ils avancèrent avec prudence jusqu'à aboutir à une large ouverture. Tantale s'y trouvait. Il n'y avait aucun doute. Le géant décapode était de dos, complètement nu. Il déambulait à l'aide de ses dix pieds flasques qui produisaient un bruit de succion fort désagréable. L'intérieur de la grotte sentait fort, sans doute à cause du monticule d'ossements en décomposition dans un coin. Le tas était presque aussi haut que Tantale lui-même. Des restes de villageois des Terres Brumeuses ? En tout cas, c'est ce que pensèrent les deux garçons en s'efforçant de détacher leur regard de ce morbide amoncellement qui laissait voir ici et là quelques crânes... humains ! Un caillou roula sous le pas d'Élias et Tantale se retourna lourdement, montrant son hideux visage borgne et aux multiples balafres. L'œil droit était pourtant ouvert, mais aucune lueur n'en émanait. Du pus jaunâtre semblait même suinter en permanence du coin interne de l'œil. L'autre œil, vif, cligna plusieurs fois, à la recherche du bruit. La pupille dilatée rencontra les yeux de Sandros dans le conduit semi-obscur. Un sourire mauvais dévoila des dents noires aux gencives rouge écarlate. D'une voix forte, Tantale cria :

— Voilà un mets de choix ! J'ai faim...

Tantale tendit une main graisseuse terminée par trois énormes griffes vers Sandros, qui eut juste le temps de se transformer en aigle et s'envola sous la voûte de la grotte. Élias, toujours invisible, avait le dos contre la paroi de l'étroit couloir. Ses deux jambes bien campées au sol, il présenta son bouclier comme un rempart. Tantale, pris dans son élan pour

essayer d'attraper Sandros envolé depuis longtemps, planta ses griffes dans le bois du bouclier
d'Élias. Les pointes acérées et menaçantes le
traversèrent sur quelques centimètres, faisant
couler du sang sur l'avant-bras d'Élias. Ce
dernier ne laissa pas échapper un cri, mais
serra plutôt les dents pour maintenir sa prise.

Sandros profita de l'immobilité et de la
surprise de Tantale pour voler droit dans son
œil valide. Le bec de l'aigle entra sans résistance dans l'orbite visqueuse du géant décapode, qui hurla de douleur. Tantale, fou de
rage et de souffrance, parvint à se libérer du
bouclier d'Élias, mais ses dix pieds semblaient
incapables de le diriger adéquatement.
Complètement désorienté, il percuta le monticule d'ossements. Des centaines d'os et d'autres
immondices tombèrent dans une étendue d'eau
proche. Tantale continua ses titubations mons-
trueuses en hurlant et en agitant ses deux bras
en tous sens. Il percuta les parois aux arêtes
abruptes de la grotte. Ses dix pieds allaient
dans toutes les directions en quête d'équilibre,
mais ne suffirent pas à le stabiliser. Tantale
bascula en arrière, faisant trembler toute la
grotte. Son crâne heurta une saillie dans la

roche avant de rencontrer violemment le sol. Un sang épais se déversa aussitôt et éclaboussa les alentours dont la mare où les ossements étaient aussi tombés. Tantale bougea encore un peu, puis ce fut tout.

Incrédule, Élias souleva la visière du casque d'Hadès et observa son bouclier, percé de trois trous... Il avait soudain l'impression d'être quelqu'un d'autre. Son cœur palpitait tandis qu'un silence troublant habitait la grotte. Le calme fut rompu par Sandros, qui vola jusqu'à lui. Dans un état second, Élias constata que l'œil de Tantale était coincé dans le bec de son ami. Des nerfs arrachés et sanguinolents pendaient lamentablement. L'estomac contracté et prêt à se révulser, Élias aida Sandros à enlever les restes de Tantale. L'œil plongea directement dans l'étendue d'eau où les ossements étaient tombés sous les pas désordonnés de Tantale. La petite plume qu'Élias avait ramassée le premier soir que Sandros s'était transformé en aigle glissa de sa poche et tomba au même endroit. Élias regarda la plume toucher la surface, aussitôt après le gros plouf! de l'œil de Tantale. Il ne put s'empêcher d'ouvrir la bouche quand il constata que l'eau changeait de couleur, passant du rouge foncé au rouge clair. Il envoya un coup de coude à Sandros, qui se retourna et fixa à son tour le phénomène extraordinaire qui se produisait sous leurs yeux.

Non seulement les ossements s'organisaient-ils de manière à reformer des corps, mais les muscles, les organes et la peau réapparaissaient aussi sur les os des squelettes ! Un peu plus loin dans une autre galerie de la grotte, Élias remarqua un autre tas, cette fois de vêtements de bure. Il entreprit de les distribuer aux villageois ressuscités. Hommes, femmes et enfants des Terres Brumeuses, victimes de la voracité de Tantale, se vêtirent et gagnèrent la sortie de la grotte. Quelques-uns s'attardèrent et aidèrent Sandros à pousser dans la mare d'eau les ultimes fragments d'ossements. La grotte grouillait de vie à présent, à l'exception de Tantale, qui en avait fini d'exterminer la population. Il y avait même des lapins de garenne, ressuscités eux aussi, qui déguerpissaient, en quête d'une sortie. Au dernier vêtement de bure, Élias arrêta son geste, fasciné :

— Sandros, je crois que je viens de trouver ce que Yéléna nous a demandé !

Quand l'écuyer arriva, il découvrit les trois ovales qui semblaient être du corail rouge. Il échappa un cri de joie, le bras levé et la main refermée sur sa dague. Élias ramassa les pierres en murmurant :

— Sous les vêtements les plus humbles se cachent des trésors ! Les vêtements de bure des villageois, bien sûr !

— Il est temps de sortir de cette grotte et d'apporter la bonne nouvelle à Altaïr et aux autres.

À l'extérieur, tout le village était déjà présent. Les premiers survivants sortis avaient enfin pu se transformer en aigles géants. Le village comptait à nouveau une nombreuse population qui riait et chantait, le cœur en liesse. Auxane était avec eux. L'étrange halo bleu avait disparu aussi mystérieusement qu'il était apparu et son corps pouvait de nouveau se mouvoir. Elle félicita Élias et Sandros et regretta de n'avoir pu être avec eux.

— Tu ne devais pas y assister, Auxane. C'est pour cette raison que tes membres ont refusé de fonctionner !

— Pour vous remercier d'avoir libéré mon peuple, jeunes gens courageux, je vous conduirai moi-même avec Ganymédia et l'un de mes précieux aigles sur les Terres Inondées. Vous y rencontrerez le dragon Qu Yuan à l'œil vigilant. Je crois savoir qu'il se languit de votre venue.

Élias rendit le casque d'Hadès à regret. Les trois amis grimpèrent sur le dos des trois aigles qui s'envolèrent puissamment dans les airs. Ils partirent vers l'est et longèrent la frontière des Terres Brumeuses, puis le ciel se dégagea complètement pour laisser apparaître les terres voisines. Auxane, sur le dos de Ganymédia, cria à ses compagnons qu'ils survolaient à présent les Terres Volcaniques. Des questions jaillirent dans l'esprit d'Élias, mais il préféra les garder pour plus tard. Les gigantesques rapaces étaient rapides et la sensation de voler sans l'aide d'un quelconque moteur était extraordinaire. Le grand rêve de l'humanité !

En un rien de temps, ils arrivèrent aux Terres Inondées. La quantité d'eau ne laissait aucun doute ! Altaïr piqua vers les terres, suivi aussitôt par ses compagnons ailés. Au bord d'un fleuve, parmi d'innombrables lacs et rivières plus bleus les uns que les autres, les aigles géants déployèrent leurs amples ailes et se mirent consciencieusement à frapper l'eau. Emportés par l'élan des rapaces, Auxane, Sandros et Élias les imitèrent. Auxane éleva sa voix au-dessus du tapage aquatique et chanta :

— Nous sommes le cinquième jour du cinquième mois de nos trois lunes. Grand Qu Yuan, nous vous présentons la cérémonie de l'œil vigilant pour éveiller le dragon protecteur des Terres Inondées.

Les autres continuaient à frapper l'eau du fleuve. Auxane poursuivait, d'une voix incroyablement enflammée pour un être issu des Terres Glaciaires :

— Nous entamons les neuf chants pour chasser la mélancolie. Nous venons combattre la douleur de l'éloignement et la tristesse de la séparation. Nous nous présentons à vous, grand Qu Yuan, pour vous remettre votre bien le plus précieux et réunifier les neuf Terres d'Éphoria, dont vous êtes l'un des grands protecteurs.

L'eau du fleuve commença à s'agiter de façon inhabituelle. Le courant s'arrêta, figeant de façon incongrue un poisson argenté qui venait de sortir la tête. Un petit cône apparut, d'un bleu transparent. En dessous, un cube où un trou béant ne faisait aucun doute sur l'identité de l'apparition : Qu Yuan, le dragon cyclope des Terres Inondées ! Ce dragon était petit, tout en formes géométriques. Il toussa brièvement en sortant complètement du fleuve et des flamm-mèches s'envolèrent pour s'évanouir sur la berge. Les soleils frappèrent ses formes bleu-tées et les rayons ainsi réfléchis formèrent deux halos au-dessus de deux lacs qui côtoyaient le fleuve des Terres Inondées.

— Nous distinguons vos frères en holo-grammes, grand Qu Yuan.

Le petit dragon cyclope crachota encore des étincelles, puis lâcha dans une tristesse sans nom :

— Douleur de l'éloignement ! Rendez-moi ma vision afin que je puisse revoir mes frères et commencer à accomplir ma fonction de protecteur des Terres Inondées.

Auxane déposa le premier ovale dans l'or-bite creuse, mais la jeune fille émit un hoquet de surprise quand il disparut pour réapparaî-tre dans l'un des hologrammes des frères de

Qu Yuan. Elle déposa l'autre ovale de corail rouge au même endroit et le second frère retrouva sa vision. Une troisième fois, Auxane déposa la dernière pierre et le petit dragon cyclope aux formes géométriques se mit à sourire tandis que des étincelles multicolores jaillissaient de toute part.

— Vous nous avez rendu notre vision, à mes deux frères et à moi, grands protecteurs des Terres Volcaniques, des Terres de l'Oubli et des Terres Inondées. Nous vous en remercions. Éphoria va pouvoir prospérer à nouveau si vous parvenez à accomplir la dernière épreuve et à rendre la vue aux trois derniers dragons. Je vous laisse rejoindre les Terres des Aurès. Faites attention… Le danger est partout ! Ce qui est n'est pas forcément ce qui devrait…

Les hologrammes déjà flous disparurent. Le dragon cyclope retourna dans le fleuve, visiblement satisfait. Le courant reprit son cours et le poisson argenté goba une mouche avant de replonger dans l'eau, son élément naturel.

LES TERRES DES AURÈS

À la frontière des Terres des Aurès, Altaïr, Ganymédia et le troisième aigle royal saluèrent chaleureusement les élus choisis de Zeus, puis repartirent. Comme ils l'avaient fait pour l'aller, les trois oiseaux contournèrent par le sud les Terres de l'Oubli, considérées, par les Éphoriens, comme des terres inhospitalières.

Auxane, Sandros et Élias étaient à présent dans l'extrême sud d'Éphoria. Ils étaient heureux de sentir le sol sous leur pied. Le vol avait été long, même s'ils étaient en agréable compagnie. Les trois amis prirent le chemin des dunes. Les soleils du midi jetaient leurs courtes ombres sur le sable chaud du désert. Une caravane de nomades constituée de trois tentes caïdales — des tentes traditionnelles orientales — attira leur attention. D'un commun accord, ils se dirigèrent vers ces abris en cotonnade où prédominaient le rouge et le bleu. Ces couleurs faisaient indubitablement référence à l'azur du ciel et aux trois chauds soleils qui cuisaient les innombrables grains de sable au cours de la journée.

Arrivés à la première tente, ils furent accueillis par une femme aux atours recherchés et à la beauté sans égale. Ses yeux de braise subjuguèrent Élias et Sandros tandis que, d'un bras gracieux, elle enveloppait Auxane. La voluptueuse Ifrit-Marid avait des doigts longs et fins, magnifiés par trois bagues de rubis, émeraude et saphir. Ses bracelets tintaient gaiement à chacun de ses mouvements. Ifrit-Marid confia être l'une des neuf muses de Zeus. Elle connaissait leurs destinées. Les neuf sœurs avaient reçu pour mission de prendre soin des trois élus. L'instant d'après, Sandros, Élias et Auxane étaient entourés des muses de Zeus, toutes plus magnifiques les unes que les autres. Certaines jouaient de la musique ou chantaient, d'autres régalaient les trois convives de victuailles présentées sur des plateaux d'or. Sous la tente, jetés à même le sable, des poufs en cuir et des tapis aux riches broderies accueillaient le corps fourbu des jeunes voyageurs. L'estomac comblé, les trois amis s'endormirent tandis que le troisième soleil passait au zénith, entamant ainsi le début de l'après-midi. Plus tard, quand ils se réveillèrent, ils découvrirent que les trois soleils avaient fait place aux trois lunes. On les abreuva d'attentions et leur offrit un thé vert délicieux. Ifrit-Marid s'installa avec ses huit sœurs en compagnie des trois élus. Sous la tente, quatre lampes à huile diffusaient la lumière nécessaire à cette nuit d'encre et renvoyaient les ombres dans des zones lointaines.

— J'ai trop dormi cet après-midi, je crois. Le sommeil me fuit à présent, avoua Auxane.

— Je suis bien d'accord !

Ifrit-Marid sourit largement.

— Ne vous en souciez pas. Vous êtes nos hôtes. À ce titre, vous pourrez rester autant qu'il vous plaira pour reprendre des forces avant de poursuivre votre périple.

— Nous partirons demain matin, confirma Sandros, les yeux perdus dans l'horizon sublime du regard d'Ifrit-Marid.

— Comme il vous plaira, jeunes gens courageux. En attendant, je vais vous raconter une histoire. Mes sœurs joueront de la musique.

Et d'une voix suave, elle commença :

— Il était une fois un marchand qui se reposait de sa dure journée de labeur tout en mangeant des dattes fraîches. Chaque fois, il rejetait nonchalamment le noyau par-dessus son épaule sans même regarder où cela tombait. Malheureusement pour lui, un géant passait par là en bâillant fortement. Le noyau de datte rentra dans sa gorge et resta coincé là. Le géant tomba avec fracas, ce qui fit se retourner le marchand gourmand qui découvrit le géant… mort! La nouvelle datte que le marchand tenait en main, prête à être engloutie, tomba sur le sable. Le géant était accompagné de son père! D'une voix furieuse et remplie de douleur, il accusa le marchand d'avoir tué son fils avec son noyau de datte. Il l'avertit qu'il allait périr de ses immenses mains et ainsi justice serait faite pour son fils.

Ifrit-Marid fit une pause, et deux de ses sœurs apportèrent des pâtisseries à la fleur d'oranger et du thé vert aux auditeurs attentifs. La muse de Zeus goûta peu aux victuailles, mais garda le sourire aux lèvres et s'assura d'avoir un mot flatteur pour chacun. Sandros s'allongea sur un tapis, la tête sur un coussin de cuir et réclama la suite de l'histoire. Ifrit-Marid attendit encore un peu puis poursuivit, au son d'une lyre:

— Le marchand se prosterna devant le géant, s'excusa, se repentit, mais rien n'y fit. Alors, le visage en larmes, il demanda un délai d'une journée pour mettre de l'ordre dans ses affaires et dire adieu aux siens... Le géant y consentit. Le marchand retourna chez lui, et mit de l'ordre dans ses affaires. Les adieux furent terribles, déchirants. En chemin pour retrouver le géant qui voulait rendre justice à son fils, le marchand rencontra trois vieillards qu'il n'avait jamais vus. Devant sa mine affligée, les trois hommes mûrs lui demandèrent ce qu'il avait et le marchand narra sa malheureuse histoire, des sanglots dans la voix. Les trois vieillards s'observèrent brièvement, puis proposèrent d'aider le malencontreux tueur de géant. Devant le colosse, le marchand se prosterna et expliqua qu'il tenait toujours ses promesses, qu'il avait mis de l'ordre dans ses affaires et fait ses adieux aux siens. Le géant allait mettre le marchand à mort quand les trois vieillards intervinrent. De leur voix aigrelette, ils affirmèrent au géant que chacun d'entre eux allait lui raconter une histoire telle qu'il n'en avait jamais entendu. La seule chose qu'ils demandaient en échange, c'était un tiers de la vie du marchand. Le géant réfléchit longuement puis accepta. Le vieillard à la longue barbe et aux multiples sillons au visage commença d'une voix vibrante et le géant fut satisfait. L'homme mûr, l'œil presque juvénile, gagna ainsi un tiers de la vie du marchand. Le deuxième vieillard raconta une histoire extraordinaire au géant attentif qui en pleura d'émotion. Il offrit ainsi un autre tiers de la vie du marchand...

Ifrit-Marid, constatant par la toile de cotonnade relevée que l'aube se levait, arrêta son récit.

— Le premier soleil se lève... Je vais m'arrêter là pour le moment.

— Mais nous voulons savoir ce qui va arriver..., jeta Sandros.

Élias regarda son ami, surpris par son impatience. Ce dernier ne détachait pas ses yeux de la belle Ifrit-Marid. Auxane renchérit :

— Oui, Ifrit-Marid... Vous ne pouvez laisser votre histoire ainsi, en suspens...

La muse de Zeus secoua la tête, inondant la tente d'un parfum sucré. C'est pourtant Élias qui parla :

— Nous devons continuer notre route. Ifrit-Marid l'a dit elle-même, il fait jour !

Le regard apathique d'Auxane alarma Élias. Il continua ses remontrances, essayant de lever de force ses amis qui résistèrent, réclamant avec véhémence la suite de l'histoire. Élias les regarda, des questions plein la tête. Oui, lui aussi avait aimé le conte. Il aurait sans doute aussi aimé entendre la fin, mais cela lui paraissait secondaire en comparaison avec ce qu'ils devaient accomplir... Pourquoi ses amis ne pensaient-ils pas la même chose que lui ? Il croisa le regard de braise d'Ifrit-Marid. Les yeux plissés soudain, il interrogea abruptement :

— Qui êtes-vous vraiment ? Pourquoi mes amis ne veulent-ils pas me suivre ?

Au lieu de réponses, Ifrit-Marid le questionna :

— Et toi, beau et courageux Élias Sparte, pourquoi ne pas écouter la fin de mon histoire ? Ou en écouter une autre ensuite ? J'en connais beaucoup, mille et une...

Élias, de plus en plus mal à l'aise, fit une nouvelle tentative auprès de ses amis, sans succès. Il hésita, regarda les nombreuses victuailles, l'ombre bienfaitrice des lieux. Il secoua la tête et sortit précipitamment, le cœur lourd, son sac toujours au dos avec son bouclier à l'intérieur. Il faisait déjà chaud malgré la lente ascension du premier soleil sur les Terres des Aurès. Il marcha longtemps, sentant le sable fin sous ses pieds et perdant la notion du temps. Sa montre quartz ne fonctionnait toujours pas, mais il la gardait au poignet, peut-être en signe d'une civilisation qu'il avait connue et à laquelle il pensait de moins en moins d'ailleurs.

Ses pas devenaient lourds sous les rayons des soleils. Élias avait profité d'une douche fraîche en arrivant au campement. L'une des sœurs d'Ifrit-Marid lui avait oint le corps avec des huiles parfumées. Élias se demanda s'il n'aurait pas dû rester avec Sandros et Auxane. Mais ses yeux se plissèrent tout à coup. Devant lui, un village ! Il en était sûr… Son pas s'accéléra. Une première maison en brique blanche et au toit bas l'enthousiasma. Un vieil homme à la barbe longue et blanche l'accueillit. Élias expliqua maladroitement son histoire, parla de ses amis restés à la caravane des nomades, des neuf muses de Zeus. Le vieil homme fronça les sourcils, essayant vraisemblablement d'assembler les mots brouillons d'Élias. Enfin, l'homme porta sa longue pipe aux lèvres et sembla en apprécier jusqu'à l'essence du bois dans lequel elle avait été fabriquée. Après une éternité, il parla d'une voix nasillarde :

— Ce que tu me contes là n'est guère surprenant, mon pauvre garçon. Même si ton histoire est un peu embrouillée.

L'homme tira encore une longue bouffée de sa pipe puis continua, le regard aigu.

— Il n'y a aucune muse de Zeus dans les alentours… Vous avez eu affaire aux génies malfaisants, cela ne fait aucun doute !

— Des génies malfaisants ?

— Tant mieux pour toi, tu y as échappé…, se contenta d'affirmer le vieillard doucement.

— Mais comment ?

L'autre secoua les épaules, l'air peu concerné, puis tira encore une longue bouffée qui attira une toux chez Élias. Le vieillard nasilla, un œil à demi fermé :

— Je veux bien t'aider, si tu m'aides avant…

Élias n'hésita pas une seconde. Il ne se sentait pas la force d'accomplir l'oracle seul et souhaitait quitter la demeure du vieillard au plus vite tant la fumée l'indisposait.

— Va chez mon voisin, le fermier, me chercher un pichet du bon lait frais de sa chèvre, puis je te dirai quoi faire pour tes amis…

Élias quitta le vieil homme aussitôt, entra chez le voisin et présenta sa demande. L'homme devait avoir le même âge que le fumeur de pipe. Il apprit bientôt qu'il s'agissait de son frère. Pourtant, le deuxième vieillard ne consentit à lui donner du lait frais de sa chèvre qu'à une condition. Élias devait aller chez le troisième frère, le boulanger, lui chercher deux pains frais du jour. Élias repartit, en commençant à éprouver une vive rancune contre le premier vieillard. Il se demandait où tout cela le conduirait, quand le troisième vieillard lui donna les deux pains frais du jour en exigeant simplement qu'il salue ses deux frères. Élias le remercia chaleureusement et partit porter les deux pains frais du jour au deuxième vieillard. L'homme lui remit à son tour le pichet de lait frais de sa chèvre en le gratifiant d'un clin d'œil vif et perçant.

Élias, de retour chez le vieillard à la pipe, lui donna son pichet de lait frais. L'homme, d'un pas traînant, posa deux tasses ébréchées sur la petite table de bois et servit le lait de chèvre. Élias apprécia le geste et but avec plaisir. Pendant ce temps, l'homme lui expliqua comment mettre fin à l'irrésistible envie d'écouter les histoires des génies malfaisants. Juste avant de partir, le vieillard lui remit un pot en terre avec une pâte noirâtre à l'intérieur. De sa voix si particulière, il affirma à Élias qu'en peignant les mains de ses amis avec le henné, ils pourraient poursuivre leur route ensemble. Le vieil homme proposa même son âne pour aider Élias à retrouver plus rapidement son chemin.

Juché sur le dos de la bête, Élias ne cessait de se questionner. Il était heureux d'avoir échappé au maléfice d'Ifrit-Marid et de ses sœurs, même s'il ignorait toujours comment. Il espérait qu'il en serait de même pour ses amis sous peu. La route du retour lui parut bien courte comparée à son laborieux chemin à pied. Les tentes des caravanes nomades bleu et rouge se profilèrent. Ifrit-Marid l'accueillit comme la veille, avec un sourire magnifique. Élias réclama à voir ses amis, affichant un sourire qu'il voulut des plus enjôleurs. La somptueuse Ifrit-Marid ouvrit le pan de la tente et Élias découvrit ses amis endormis. Ifrit-Marid se pencha pour susurrer à Élias qu'elle était ravie de son retour et qu'ils poursuivraient les histoires le soir même, dès le réveil de Sandros et d'Auxane.

Élias huma avec un plaisir non feint le subtil parfum d'huiles rares et d'épices qui émanait de partout. Il bâilla de façon ostentatoire en posant une main devant sa bouche et assura à Ifrit-Marid qu'il allait s'étendre aussi. La femme approuva et sortit dès qu'il fut allongé sur le tapis. Élias attendit un peu, puis commença à secouer Auxane. Elle fronça les sourcils, sourit en reconnaissant Élias, mais referma les paupières. Élias la secoua plus rudement, ce qui l'éveilla complètement. À l'aide d'un bâton, remis aussi par le vieillard, Élias s'empressa de peindre des motifs spiralés sur le dos des mains d'Auxane, qui s'amusait de son curieux manège. Élias lui expliqua ce qu'il faisait, ce qui provoqua des rires chez la jeune prêtresse. Inquiet de voir Ifrit-Marid revenir, Élias s'empressa de poser une main devant la bouche d'Auxane. Leurs yeux se croisèrent et un trouble étrange les surprit. Auxane cessa de rire et le laissa terminer en silence. Élias se tourna vers Sandros, mais le réveiller se révéla beaucoup plus compliqué. Finalement, Auxane dut maintenir ses mains et Élias dessina les mêmes motifs tandis que Sandros ronflait allégrement !

Quand le dernier soleil tomba sur les Terres des Aurès, Ifrit-Marid arriva avec ses huit sœurs sous la tente. Sandros, Auxane et Élias étaient assis sur les coussins de cuir. Les plateaux de victuailles furent posés devant les jeunes gens, ainsi que le thé. Ifrit-Marid s'installa et voulut commencer son histoire quand Sandros et Auxane lui montrèrent leurs mains peintes de henné. La voluptueuse muse fit une horrible grimace et poussa un cri aigu. Soudain, sous les yeux ébahis des trois amis, elle se transforma tout d'abord en une hideuse femme poilue d'au moins cinq cent vingt-quatre ans, puis en grenouille pour finalement revenir sous les traits de la très belle femme qui les avait accueillis. Élias était convaincu que le henné n'avait pas fonctionné et prit peur. Il se plaça devant ses deux amis, le bouclier en avant, le corps combatif. Pourtant, l'instant d'après, il vit les huit sœurs devenir floues puis s'évaporer. Ifrit-Marid s'installa sur l'une des pierres qui était, il y a quelques minutes à peine, un confortable coussin de cuir.

— Vous m'avez vaincue. Mais comment as-tu fait, jeune Élias Sparte ? Tu n'as pas de henné sur toi… Aurais-tu du chanvre dans tes vêtements, par le plus grand des hasards ?

Élias fronça les sourcils, puis secoua la tête, un sourire au visage :

— Oui, Ifrit-Marid, j'ai une corde de chanvre avec moi, dans mon sac à dos…

Le mauvais génie hocha la tête plusieurs fois en silence. Une grosse larme lui monta à l'œil droit, roula sur sa joue et tomba doucement sur le sable. Élias regarda Ifrit-Marid s'évanouir, tout comme le décor des tentes autour de lui. Auxane se baissa et ramassa quelque chose, près du rocher où se tenait Ifrit-Marid peu de temps avant.

— Regardez…

Les garçons remarquèrent en même temps la pierre noire et ovale qu'Auxane tenait dans sa main.

— La larme d'Ifrit-Marid, murmura Élias.

— L'œil du dragon des Terres des Aurès ! affirma Sandros.

Un grand bruit derrière eux les empêcha de commenter cette découverte incroyable. Ils se retournèrent d'un même mouvement pour voir le sable entamer un tourbillon, entraînant avec lui le malheureux âne qui bramait tant qu'il pouvait.

— Vite, la corde, Élias !

L'âne était déjà enseveli de moitié quand le licou lui fut passé. Les trois amis tirèrent, sentant le sable glisser sous leurs pieds. Élias se positionna sur un rocher et continua à tirer. L'âne commença à revenir vers eux tandis que le sable continuait ses spirales infernales. Enfin, la pauvre bête se retrouva sur ses quatre pattes. Sandros lui ôta le licou et l'animal partit aussi vite qu'il put en direction du village des Terres des Aurès.

— Bien, c'est sans doute sa façon de nous remercier de lui avoir sauvé la vie !

Ils n'eurent pas le temps d'échanger davantage, car une énorme voix les interpella :

— Et si vous me sauviez la vue ?

— Le grand et noble Amazigh ! s'écria Auxane, la bouche ouverte devant l'apparition.

Ce dragon semblait entièrement constitué de sable solidifié. D'ailleurs, plusieurs grains tombaient de-ci de-là, de ce corps longiligne terminé par une boule qui constituait la tête. En revanche, sa bouche était minuscule, ce qui n'empêchait pas les trois amis d'imaginer avec horreur que ce dragon cyclope avait essayé de dévorer ce pauvre âne...

— Oui, je suis Amazigh ! Mon œil, je vous prie !

L'attitude péremptoire n'était guère agréable à entendre. Mais les soleils étaient chauds. Peut-être incommodaient-ils aussi Amazigh ?

Auxane proposa de déposer la pierre noire dans le creux du dragon cyclope. Ni Sandros ni Élias ne s'y opposèrent. Ils reculèrent même quand Amazigh baissa sa grosse tête sableuse. L'œil noir en place brilla et percuta violemment les regards des trois amis. Il hurla un « merci » suivi d'un :

— Hâtez-vous d'aller sur les Terres de Sabres à présent. Le temps est proche ! L'alpha vous montrera la route !

LA MONTAGNE DE NÉMÉE

Les trois amis croisèrent une famille de nomades bien sympathique et partagèrent leur repas et leurs montures. Élias grimpa sur un dromadaire pour la première fois de sa vie. Quelle sensation unique et inoubliable ! Ils arrivèrent ainsi sans encombre sur les Terres de Sabres. Au village, ils repérèrent rapidement un petit café aux murs rouges de briques cuites et s'installèrent sur la terrasse. Le propriétaire, un homme petit aux yeux vifs, vanta longuement la splendide façade de son bâtiment. On pouvait en effet y admirer une mosaïque représentant un cafetier qui servait des géants à la terrasse. Sur une table, un plat débordait de dattes. Les couleurs étaient chaudes, mais la présence des géants rappelait un peu trop aux jeunes voyageurs leur mésaventure en Terres des Aurès…

Le cafetier se tut devant le manque d'enthousiasme de son auditoire et retourna à sa besogne, laissant les trois amis déguster un thé vert à l'abri du soleil, sous un auvent de toile aux couleurs bigarrées. Une vieille femme s'approcha en souriant, dévoilant ainsi trois dents manquantes. Son nez était tellement crochu qu'il fallait presque détourner la tête pour ne pas trop le fixer. Heureusement, ses yeux bleus brillaient d'une lueur extraordinaire et retenaient finalement l'attention, faisant presque oublier ce contraste saisissant. Comme pour rehausser son regard, elle était entièrement vêtue de bleu, du turban sur sa tête jusqu'aux fines lanières de ses sandales. Par contre, elle n'arborait aucun bijou ni aucun tatouage.

— Et si c'était un mauvais génie encore ? chuchota Élias à Sandros.

— Nous sommes protégés maintenant, grâce à toi.

Élias jeta un regard sur les tatouages de henné aux mains de ses amis et hocha la tête. Le vieillard à la pipe lui avait assuré que la protection durerait plusieurs semaines. La femme posa un plateau de dattes en précisant :

— C'est un cadeau du cafetier. Il sait qui vous êtes et vous souhaite une bonne route, jeunes gens courageux.

Elle plongea son regard océan dans chacun d'eux et ils se sentirent bien. Très bien. La femme repartit sans rien ajouter.

— J'adore les dattes ! s'empressa Sandros.

Un chien de berger se mit à aboyer au même moment.

— Je crois qu'il aimerait qu'on partage ! gloussa Élias.

Sans attendre, il lança une datte et le chien la goba avec aisance. Le fruit colla un peu aux dents du canidé, mais l'animal réclama bientôt un nouveau lancer, puis un autre. Les trois amis s'amusèrent à lui en envoyer dans différentes directions et chaque fois, le chien de berger attrapait le fruit oblong. Élias se leva et prit une nouvelle datte. Au moment de la lancer, un rayon de soleil frappa l'intérieur de sa main, ce qui surprit Élias et attira aussi l'attention de ses deux amis. Ils regardèrent le chien happer la datte et l'avaler tout rond. Ce dernier s'installa sur son fessier, la gueule ouverte en frétillant de la queue devant ses trois bienfaiteurs qui gardaient les sourcils froncés. Auxane parla enfin, d'une voix blanche :

— Ce n'est pas une datte que tu viens de lancer !

— Et qu'est-ce que c'était ?

La question était plus pour la forme, car Élias savait qu'elle avait raison.

— On a voulu nous empoisonner, tu crois ? Que va-t-il arriver à ce pauvre chien ?

— Ce n'était pas pour nous empoisonner, sinon le poison aurait été injecté directement dans les dattes... Enfin, je crois.

— Il faudrait savoir ce que c'était alors...

Le cafetier arriva sur ces entrefaites, tout sourire, et s'informa des trois amis. Élias, peu amène, questionna :

— Qu'y avait-il dans ce plat de dattes ?

— Quoi ? Je n'ai apporté aucune datte. Vous n'en avez pas demandé... Et pourquoi ? Elles sont bonnes mes dattes ! Ce sont les plus fraîches de toute la région. Tout le village des Terres de Sabres vous le dirait.

L'homme était contrarié. Ses yeux marron se promenaient sur les trois étrangers, dans l'attente d'une explication. Ceux-ci restèrent campés dans leur position, attendant une explication qui ne venait pas. Auxane se radoucit la première. L'homme semblait si sincère…

— C'est une vieille femme… Tout en bleu. Elle a dit que c'était de votre part.

— Je sers moi-même mes clients! Je n'ai personne à mon service.

L'homme ne décolérait pas. Il semblait blessé dans son amour-propre et une teinte violacée commençait même à colorer ses joues. Le chien de berger aboya, comme pour se rappeler à leur souvenir. Il se pourlécha les babines, visiblement impatient. À la surprise de ses hôtes, le cafetier aboya à son tour pour le chasser. Le canidé se leva et recula en fixant l'homme prudemment, la queue entre ses pattes arrière. Élias intervint:

— Laissez ce pauvre chien! Il n'est pas en cause. Nous vous paierons pour les dattes, même si elles ne viennent pas de chez vous.

— Je ne veux pas de vos drachmes pour des dattes qui ne m'appartiennent pas. Je suis un honnête commerçant!

Sandros roula des yeux devant l'impasse de la situation. Auxane s'approcha du cafetier, un sourire angélique au visage. Elle lui accrocha le bras tout en s'éloignant de la table. D'une autre main, elle fit un signe discret à ses amis pour qu'ils s'éloignent. Sandros et Élias hésitèrent puis obtempérèrent.

Plus tard, Auxane retrouva ses amis dans la vallée de Némée, un peu à l'écart du centre.

— Alors, il s'est calmé ?

— Il est un peu bourru, mais pas mauvais bougre ! Il m'a confié qu'il avait eu des soucis avec des dattes pas très fraîches il y a peu de temps. Il est devenu très loquace ensuite. Bref, j'ai réglé nos thés, puis je suis partie en lui assurant que nous lui ferions une belle publicité si l'occasion se présentait.

— Eh bien, tu as le tour ! siffla Élias, admiratif.

— Et ce chien ? Où est-il ?

Du menton, Sandros pointa une direction. Auxane découvrit un bœuf qui broutait l'herbe rare, puis le canidé près d'un palmier. Songeuse, la jeune fille lorgna le tronc de cet arbre si particulier qui ne poussait pas dans son coin de pays natal, les Terres Glaciaires. Les trois soleils réfléchissaient leurs rayons sur le feuillage, puis enflammaient l'horizon vers la montagne de Némée. Soudain, Auxane plissa le front en continuant d'observer ce curieux phénomène. Elle reporta son attention sur le bœuf, qui avait levé sa grosse tête et semblait la toiser placidement de ses yeux mornes tout en mâchant. Le bœuf recommença à brouter l'herbe et Auxane observa de nouveau le feuillage du palmier. Son attitude attira l'attention des garçons, mais c'est Élias qui réagit le premier en s'exclamant, ébahi :

— C'est là que nous devons aller ! La montagne là-bas ! À son sommet !

— Pourquoi, Élias ? questionna Sandros, peu enclin à l'escalade.

— L'alpha vous montrera la route...

— C'est ce qu'a dit Amazigh, mais je ne comprends pas...

— Élias a raison. Trop de signes !

Ils regardèrent Auxane, attendant une réponse qui ne se fit pas attendre :

— Le bœuf qui est là, ce n'est pas un hasard. Saviez-vous que la lettre A, *alpha*, vient de *aleph* qui signifie « bœuf » en langue phénicienne ? Regardez sa forme.

La jeune apprentie traça du bout du doigt un « A » dans le sable, puis un autre à côté, à l'horizontale cette fois. Ses yeux gris brillaient d'excitation en montrant une tête de bœuf dans ce « A » couché. Juste pour le plaisir, elle ajouta un œil et s'amusa à terminer le corps.

Élias jeta :

— C.Q.F.D : **C**e **Q**u'il **F**allait **D**émontrer, comme disait mon père. Il était prof de maths ! Et Alpha est aussi utilisé pour désigner un angle en mathématiques…

— D'où le sommet de cette montagne que vous voulez nous faire escalader ! souffla Sandros, ébahi.

Aucun d'entre eux ne prononça plus un mot. Le chien de berger se mit à aboyer et le bœuf s'enfuit sans plus attendre. Le canidé gratta le sol consciencieusement avec ses pattes arrière et envoya un monticule de sable vers l'arrière.

— Il vient de faire ses besoins. Allons voir ! s'exclama Sandros.

— Tu es sérieux ?

— Oui, les dattes... Vous avez déjà oublié ?
Si on veut aller à la montagne, il faut avoir
l'œil !

Les autres ne réagissaient toujours pas.

— Je suis sûr que ce que tu as lancé tout à
l'heure en pensant qu'il s'agissait d'une datte
était l'œil du dragon cyclope.

Sandros avait capté leur attention, c'était
indéniable.

— Tu penses que ce chien appartient à cette
femme en bleu ?

— Il semble vouloir rester avec nous...

— Elle croyait nous avoir... Et elle a bien
failli réussir, soupira Sandros en approchant
du tas malodorant du chien de berger.

Ils s'agenouillèrent, le regard à la recherche
d'un bâton désespérément absent.

— À vous l'honneur, les garçons, jeta
Auxane, un tantinet amusée. J'ai déjà largement collaboré en nous débarrassant de la
colère du cafetier.

Sandros proposa de tirer au sort pour savoir
qui fouinerait dans les excréments du chien. Il
ramassait déjà une poignée de sable quand
Élias s'interposa :

— Je m'en charge ! Ne suis-je pas un être noble et courageux ? Un chevalier sans peur et sans reproche ?

L'air goguenard, il toisa Sandros et sans tergiverser davantage, plongea les doigts dans les déjections du chien de berger. La fouille, quoique gluante et malodorante, fut rapide et fructueuse. Bientôt, il brandit un objet dur et ovale, presque de la même couleur que les excréments du chien. Le canidé dut penser qu'il s'agissait d'une sorte de rituel, car il s'approcha d'Élias, encore agenouillé, lui lécha la joue puis recula pour aboyer en remuant joyeusement de la queue.

— Et voilà, Élias ! Ce chien de berger te considère de son clan, car tu as fouillé dans ses crottes !

Auxane rit ouvertement du propos de Sandros et tendit un bol d'eau à Élias. Il voulut plonger les mains pour se nettoyer, mais la jeune fille précisa malicieusement :

— Non ! C'est pour nettoyer l'œil du dragon cyclope. Tu te nettoieras après.

Élias leva les yeux au ciel et Sandros éclata de rire sous la mine déconfite de son ami. Enfin, l'objet nettoyé montra son ovale parfait et sa couleur noire, la même qu'ils avaient découverte sur les Terres des Aurès.

• • •

Le prêtre des Terres Herbeuses, Gaïane, quittait le palais de Drakéon quand il croisa Yéléna. La grande prêtresse fronça les sourcils, surprise de le trouver là, mais le salua simplement. Nerveux, le prêtre frotta son vêtement du plat de la main, ce qui titilla Yéléna... Gaïane partit dans une explication scabreuse pour justifier sa présence au palais alors que la grande prêtresse ne lui demandait rien. L'homme se troubla plus encore devant les regards aigus que lui jetait Yéléna au fil de la discussion. Quand Yéléna proposa d'aller discuter, il hocha négativement la tête à plusieurs reprises et partit presque en courant vers les Terres Herbeuses en prétextant un rendez-vous important. Yéléna resta songeuse. Elle ne l'avait jamais vu aussi tendu, distant, presque étranger à lui-même! Elle se promit de mettre au clair cette histoire, mais pour l'heure, elle devait rencontrer Drakéon en privé.

• • •

Sandros fermait la marche, sa main tenant fermement le manche de sa dague de fer. Les trois compagnons progressaient en silence sur le flanc de la montagne de Némée, la seule des Terres de Sabres. Cet endroit était aussi le lieu de prédilection des lions à dents de sabre. Des histoires d'horreur se répandaient parfois dans tout Éphoria sur des personnes qui avaient été sauvagement attaquées par ces redoutables créatures. Il n'était pas étonnant que le roi Drakéon recrutât la plupart de ses soldats sur les Terres de Sabres ; ses habitants étaient reconnus pour être de féroces guerriers. Très jeunes, ils subissaient un entraînement soutenu pour apprendre à se défendre contre les lions à dents de sabre. Sandros eut un frisson et resserra sa prise sur sa dague. Il redoubla de prudence, à l'écoute du moindre tressaillement des roches qui roulaient parfois de-ci de-là. Tandis qu'ils approchaient un énorme cratère, habitat indéniable du dragon cyclope, un lion à dents de sabre surgit.

Ses pattes aux muscles saillants étaient prêtes à l'attaque. Sandros et Élias avancèrent devant Auxane, l'un pointant sa dague et l'autre son bouclier. Le lion rugit violemment.

L'écho se répercutait encore lorsqu'il prit son élan et bondit. Élias présenta son bouclier, les jambes fléchies. L'animal frappa ses pattes avant contre la rondache de bois. Élias se sentit faiblir sous le poids et se retrouva sur le dos au même moment où Sandros tentait de planter sa dague dans le flanc du lion. Pourtant, la lame rencontra une surface si dure qu'elle se brisa net, laissant Sandros sous le choc, le poignet douloureux.

— Ce lion semble invincible, cria-t-il.

Il se retourna vivement pour retrouver un appui sur ses jambes et se préparer à l'attaque suivante, qui risquait d'être fatale pour eux trois. Le fauve rugit encore, envoyant son redoutable écho de loin en loin. Pourtant, un autre écho se répercuta soudain. Le lion arrêta son attaque et dressa l'oreille. L'écho étrange se reproduisit, plus terrible encore que celui du lion. Le félin lorgna son petit déjeuner du coin de l'œil et avança en silence, les muscles aux aguets. Les trois amis reculèrent, sans lâcher des yeux le lion. Le félin avança une patte griffue pour atteindre une première proie, sans même pousser un grognement. Espérait-il ainsi ne pas attirer l'attention de ce qui était à l'origine de l'horrible écho ? Sandros reçut le coup de griffe traître sur le torse et cria autant de rage que de douleur en fendant l'air de sa dague brisée, raclant encore de façon inutile la patte du lion.

Au même moment, une tête énorme apparut, entourée d'une crinière d'un rouge flamboyant. C'était un lion gigantesque ! D'ailleurs, le premier fauve émit un étrange glapissement tout en reculant, l'œil rivé sur l'apparition. L'énorme félin à la crinière rougeoyante leva la tête comme pour respirer l'air ambiant, puis ouvrit une gueule immense où l'on pouvait découvrir deux rangées de dents acérées. Un jet de flamme recouvrit complètement le lion à dents de sabre, qui lâcha un rugissement épouvantable. Auxane tomba à genoux et porta ses mains à ses oreilles. Sandros et Élias demeurèrent figés, incapables de s'arracher à la scène. Le calme reprit sa place brusquement. Le lion à dents de sabre était allongé sur le flanc, inerte. Une forte odeur de chair grillée flottait dans l'air, irritant les narines et révulsant l'estomac. Pourtant, son pelage n'avait subi aucun dommage, ce qui rendait les trois élus méfiants. Se pouvait-il que le lion à dents de sabre fût toujours en vie ? L'énorme lion à la crinière rouge huma l'air de nouveau, puis ouvrit sa gueule. Sandros et Élias se jetèrent un regard. Auxane, derrière eux, était restée à genoux. Elle se mit à parler d'une voix vacillante, encore ébranlée par les derniers évènements :

— Nihon, grand gardien des Sabres et des Terres, nous sommes venus en amis.

— Pourquoi ta voix tremble-t-elle, créature de l'ombre ?

— Je suis venue pour t'apporter la lumière qui te fait défaut.

— Tu trembles toujours, pourtant. Tu as peur, et tu prétends vouloir me rendre service ?

— Tu m'intimides, grand gardien des Sabres et des Terres. Je ne suis qu'une particule de poussière pour toi.

Le dragon-lion cyclope rugit violemment, ce qui fit craindre le pire aux trois amis. Le monstrueux animal rouge vermillon continua de son énorme voix :

— Je ne suis pas si terrible... Je ne fais que ce qui doit être fait... Mais sans mon œil, je suis inutile...

Sandros, grimaçant de douleur en touchant sa poitrine striée par l'attaque du félin, intervint :

— Je pense que vous vous êtes montré très utile, au contraire, avec ce lion à dents de sabre. Il n'aurait fait qu'une bouchée de nous trois. Sa peau a même résisté à ma dague, mais pas la mienne à ses griffes…

Nihon ne sembla guère s'émouvoir. Élias prit la pierre noire qu'il avait extraite des déjections du chien de berger et, la voix mal assurée, demanda au dragon-lion de baisser la tête. De si proche, son haleine était nauséabonde. Élias ne put retenir sa respiration à temps et en aspira une grosse bouffée. Retenant enfin son souffle, il enfonça la pierre noire en serrant les dents. L'œil unique passa du noir au blanc, de l'ombre à la lumière. Le dragon-lion cyclope releva la tête et un faisceau partit dans le ciel. Aussitôt, des nuages se formèrent en quantité au-dessus d'eux. Ils avaient tous la forme de serpents inondant le ciel. Le dragon-lion ouvrit sa gueule une nouvelle fois pour remercier les trois élus. Il leur indiqua même un chemin pour arriver plus rapidement aux Terres

Glaciaires et mettre fin à la servitude des dragons cyclopes. Dans un souffle chaud, Nihon souhaita commencer à protéger Éphoria tandis qu'une énorme larme coulait de son œil et mouilla allégrement Élias !

Avant d'emprunter le chemin suggéré par le protecteur des Terres de Sabres, Auxane, Sandros et Élias firent une pause. Auxane tendit une feuille de menthe à Élias en lui assurant qu'il pourrait ainsi se débarrasser de l'haleine du dragon inhalée plus tôt. Élias la remercia, non sans méfiance; il lui demanda, avec raison, s'il n'aurait pas à subir quelque effet secondaire, comme la peau qui change de couleur ou autre… Auxane sourit devant la remarque et lui assura que non.

Enfin, ils arrivèrent dans un lieu au sol accidenté. Malgré leurs précautions, ils dégringolèrent le reste de la montagne de Némée sur les fesses, où cris et rires se côtoyèrent. En bas, ils eurent la surprise de découvrir le chien de berger qui était assis, à les attendre. Après avoir repris son souffle, Sandros se moqua, tout en riant et en pointant du menton le canidé :

— Je crois que cet animal t'a vraiment adopté, Élias. Ne dit-on pas que c'est dans le besoin qu'on reconnaît ses amis ?

Sandros se remit à rire, libérant en même temps un trop-plein d'émotion…

LES TERRES GLACIAIRES

Auxane gronda Sandros et lui demanda de se tenir tranquille pendant qu'elle soignait son torse, où le lion à dents de sabre avait laissé quatre lignes inégales qui saignaient abondamment. Rattrapé par la réalité, Sandros proposa plutôt qu'ils partent tous le plus rapidement possible des Terres de Sabres pour éviter de croiser d'autres spécimens peu accueillants. La jeune apprentie refusa et nettoya les plaies tout en expliquant :

— Savais-tu que cette plante, le lycopode, fait partie des plantes dites d'égarement ? On dit que quiconque met le pied dessus se perd…

— Heureusement pour moi, c'est sur mon torse que tu mets cette poudre jaunâtre…, déglutit Sandros, peu sûr de comprendre les propos d'Auxane.

— Comme tu le dis ! Et cette poudre végétale est très efficace pour cicatriser les plaies, mais j'ai bien peur que ces marques restent apparentes…

— Tu crois ? Je préfère la marque de Zeus à mon mollet !

Un peu à l'écart, Élias montait la garde. Il scrutait les environs, aux aguets. Le chien de berger aboya, ce qui accentua son malaise.

— Il veut te montrer quelque chose, Élias ! lança Auxane d'une voix assez forte pour qu'il l'entende, mais sans lever la tête. Tu devrais y aller.

Élias hésita, puis ramassa son bouclier maintenant percé en plusieurs endroits. Fort heureusement, la lanière de cuir à l'arrière était intacte. Élias suivit le chien, qui devenait frénétique. Devant un ravin, l'animal gratta le sol en couinant. Élias regarda vers le bas et entendit le mouton bêler longuement en même temps qu'il le vit.

— La pauvre bête a dû glisser... Heureusement, elle a atterri sur cette corniche, sinon, c'était la fin !

Le chien jappa et Élias observa les alentours, ennuyé. Le mouton serait incapable de remonter seul. Il posa son bouclier et son sac à dos, puis passa la corde de chanvre enroulée autour de sa tête et de son bras. Prudemment, il entreprit de descendre. Il arriva bientôt près du mouton, qui bêla davantage devant l'étranger. L'animal recula dangereusement, risquant une chute fatale. Élias lui parla, sans gestes brusques, comme il avait vu son grand-père le faire à quelques reprises. Il déroula lentement la corde, puis glissa le licou autour du mouton devenu immobile. L'animal se laissa faire, l'œil affolé. Élias commença à grimper en tirant la corde derrière lui, mais sentit une résistance. Il parla encore au mouton en tirant pour l'encourager. Au bout de ce qui lui parut une éternité, l'animal entama l'ascension délicate avec son guide non sans quelques glissades et frayeurs. Le sommet fut incroyablement bienvenu! Élias s'étala sur le sol, le mouton à ses côtés et le chien couché sur son torse, l'empêchant de reprendre son souffle! Enfin, il se releva et rejoignit ses amis avec le mouton et le chien sur ses talons.

— Te voilà en charmante compagnie... On commençait à s'inquiéter.

Élias commença à expliquer l'opération de sauvetage du mouton, mais il sursauta lorsqu'une voix grave derrière lui l'interrompit. En se retournant, il découvrit un homme de haute taille:

— Ben l'merci. T'as sauvé l'mouton ! J'ai une dette envers toi ! V'nez chez moi pour la nuit. Ma femme est bonne cuisinière. Vous s'rez point déçus.

Aucun des compagnons n'envisagea de refuser : ils étaient fourbus !

La masure qui les accueillit était modeste. Le berger, aidé spontanément du chien, conduisit le troupeau dans la bergerie puis retourna dans la chaumière. Le repas se déroula agréablement et le sommeil attrapa les jeunes au coin du feu. Au petit matin, la femme s'activait déjà lorsque Sandros se leva. Il proposa une aide qui fut déclinée. Elle pointa plutôt du menton un tas sur un tabouret de bois :

— C't'un cadeau d'mon mari et d'moi. Pour avoir sauvé l'mouton. Mais vot'chien, il est parti c'matin dans l'pâturage avec mon mari. Y'a ben essayé d'l'empêcher. Faut dire qu'y était ben content, mon homme, d'avoir un compagnon comme vot'chien. Le not' est mort v'la point trois jours ! On dirait qu'vous êtes des cadeaux des dieux...

Élias venait de rejoindre Sandros qui observait les trois vestes en peau de mouton qui leur étaient offertes.

— Le chien n'est pas à nous. Il nous a suivis depuis le village. Je pense qu'il sera heureux ici...

La femme irradia d'un bonheur incroyable et murmura, les yeux humides :

— Les vestes sont ben chaudes. Vous avez dit hier qu'vous alliez sur les Terres Glaciaires.

Les dernières paroles de la brave femme flottaient encore dans les esprits d'Élias, Sandros et Auxane tandis qu'ils atteignaient le village des Terres Glaciaires, leur dernière étape.

Tout était recouvert de glace. Par-ci par-là, des conifères arboraient une verdure qui paraissait presque grotesque, insolente. L'atmosphère était telle qu'ils évitaient de parler, pris dans ce froid omniprésent. Auxane resplendissait. Autant ses compagnons se recroquevillaient dans les vestes de mouton, autant Auxane semblait ne pas en avoir besoin ! Peut-être était-ce le cas ? Elle glissait sur la glace, comme un bateau sur une mer poussée par les vents. Elle se pencha, heureuse de trouver la rare fleur d'Ouïfflette sur son chemin. Elle la rangea soigneusement dans son sac de toile pour la faire sécher. Ils arrivèrent à la première maison, construite en larges briques de glace. La clôture qui la ceinturait amusa Élias, car chaque poteau était surmonté d'une tête d'animal taillée dans la glace, à laquelle on avait ajouté un élément fantaisiste des plus insolites, parfois trois cornes longues et spiralées, d'autres fois dix oreilles…

— Tu sais qui habite ici ?

Auxane répondit, avec un clin d'œil espiègle :

— C'est mon oncle ! Le frère de mon père. Il est sculpteur, au cas où vous ne l'auriez pas compris !

Un solide gaillard, à la peau aussi blême qu'Auxane, sortit à ce moment et resta interdit. L'instant d'après, la jeune apprentie était soulevée dans les airs.

— Oncle Björn, je n'ai plus cinq ans !

L'homme déposa un baiser sonore sur la joue de la jeune fille et s'engouffra dans la maison de glace pour en ressortir presque aussitôt en tenant par la main un petit bout de femme aux joues roses. Six autres têtes parurent à tour de rôle dans l'embrasure de la porte.

L'oncle Björn entraîna sa nièce et ses deux amis vers la place du village, en appelant les villageois de sa voix forte. Bientôt, tout le village entoura Auxane avec une chaleur qui aurait presque fait fondre la glace des environs. Les villageois jetaient de brefs regards aux deux étrangers qui accompagnaient la jeune fille. Plus tard, installée à une table faite en glace sur la place du village, Auxane expliquait à Élias les rudiments d'un jeu appelé *Olympe* et qui passionnait les villageois.

— C'est un jeu de stratégie. Sur le sol, un olympier a été tracé. Il faut conduire le plus de dieux possible à l'Olympe. Hadès est là avec son chien Cerbère pour en entraîner dans son royaume souterrain.

— Je connais ce jeu ! s'exclama soudain Sandros qui avait écouté d'un air distrait. Nous y jouons sur les Terres Herbeuses. Mais l'exemplaire que nous avons est de petite taille et fait en bois.

Auxane hocha la tête en observant les pièces non loin, grandeur nature, d'un côté bleu représentant la glace et de l'autre blanc pour la neige.

— Je n'avais pas fait le rapprochement jusqu'à maintenant, observa Auxane en regardant Élias, mais il arrive qu'une partie d'*Olympe* soit nulle. On appelle cela être *en Sparte* ! C'est étrange. Tu connais ce jeu aussi Élias ?

Celui qu'elle avait interpellé secoua la tête négativement. Auxane souleva les épaules :

— Mon oncle Björn et mon père ont sculpté beaucoup de pièces d'*Olympe*.

À la pensée de son père, Auxane devint mélancolique. Se refusant à se laisser aller à la nostalgie, elle se leva toutefois, en lançant gaiement par-dessus son épaule :

— Une pièce blanche a été brisée récemment. L'oncle Björn est en train d'en sculpter une nouvelle, mais en attendant, il manque un pion pour commencer une partie. Je vais aller proposer mon aide !

La journée se déroula agréablement sur les Terres Glaciaires, dont les habitants offrirent un accueil chaleureux à Auxane. On sentait l'enfant du pays de retour au bercail. Tandis que la soirée tombait avec le dernier soleil, tout le monde alla se coucher. Auxane salua les garçons sans mentionner le malaise qui la tenaillait depuis l'après-midi. Elle se retira dans la chambre que les trois filles de Björn partageaient déjà et se glissa sous une grosse couette de duvet, aux côtés de l'aînée, Livalis, qui jacassa allégrement… Les cousines étaient heureuses d'être réunies. Livalis confia qu'elle trouvait Sandros joli garçon. Enfin, les paroles se tarirent et le sommeil les emporta...

Plus tard, dans la maisonnée pourtant silencieuse, Auxane s'éveilla en sursaut. Elle venait de se souvenir d'un détail, un détail qui la perturbait depuis cette partie d'*Olympe* qu'elle avait disputée et perdue, d'ailleurs ! La jeune fille se leva sans bruit. Au salon, elle sursauta en croisant l'œil ouvert de Sandros. Auxane attrapa une torche au mur et souffla avant de franchir la porte :

— Je dois vérifier quelque chose, rendorstoi...

Au contraire, Sandros s'empressa d'enfiler sa veste de mouton pour la suivre. Leur manège dut alerter Élias, car il s'éveilla pour surprendre Sandros qui sortait. Dehors, il constata que ce dernier suivait Auxane. Sa torche éclairait chichement la nuit. Les trois croissants de lune semblaient un tantinet paresseux. En quelques enjambées, Élias rejoignit ses amis. Les questions pleuvaient sur Auxane qui faisait le tour d'une pièce bleue du jeu d'*Olympe*. Tout en dirigeant sa torche à un endroit particulier, elle confia :

— Cette pièce représentant Zeus n'est pas la sculpture faite par mon père. J'étais là ! Il en était si fier…

— Et alors ? Elle s'est brisée comme l'autre en face et quelqu'un l'a refaite. Ton oncle peut-être…

Auxane ne semblait pas convaincue.

— Quand j'ai joué cet après-midi, je sentais que quelque chose clochait… Quelqu'un a essayé d'imiter l'œuvre de mon père, mais cette personne a fait des erreurs.

Pendant qu'elle argumentait, la sculpture fondait rapidement sous la flamme. Soudain, une pierre ovale, d'un bleu identique à la pièce du jeu d'*Olympe*, apparut.

— Voilà le dernier œil du dragon des Terres Glaciaires.

— C'est incroyable ! Jamais on ne l'aurait trouvé à cet endroit…

Sandros observait l'emplacement vide en face :

— La personne qui a remplacé le pion de Zeus pour y mettre la pierre a voulu nous tromper en brisant aussi l'autre de l'autre côté, histoire d'attirer l'attention ailleurs…

Un silence tomba. Auxane lâcha enfin, la gorge nouée et la main refermée sur la pierre bleue :

— Mon oncle m'a dit qu'Antarès était venu ici avec plusieurs hommes… Et que c'était lui qui avait brisé la pièce par mégarde.

— Pfft ! Par mégarde, tu parles… N'oublie pas que je suis son écuyer… Tout tourne un peu trop autour de Drakéon, je trouve…

— Nous n'avons pas de preuves !

— Pourquoi voudrait-il nous empêcher de compléter l'oracle ?

Élias commenta :

— Sans la sagesse de vos dragons cyclopes, les Éphoriens doivent s'en remettre au roi.

— Et beaucoup de prêtres sont envieux. D'autres craignent Drakéon, confirma Auxane.

— Nous devons le confondre. Et que justice soit faite !

— Nous devons d'abord remettre l'œil au dragon protecteur de mes terres et rétablir l'équilibre.

— Nous verrons ça demain. Le froid est mordant.

Auxane s'en alla sagement vers la maison de son oncle, mais tandis qu'Élias et Sandros allaient se recoucher, ils la virent attraper des patins au mur et ressortir, toujours la torche à la main. Après s'être jeté un regard ennuyé, ils la suivirent non sans claquer des dents. Sandros bougonna :

— Il n'aurait rien perdu s'il avait retrouvé la vue demain, ton dragon cyclope ! Il doit dormir, comme tout le monde ! Enfin, *presque* tout le monde...

Auxane pressa le pas, ce qui obligea les garçons à courir, au risque de se rompre le cou. Enfin, devant un large espace de glace lisse comme un miroir, Auxane s'arrêta, posa la torche dans un trou proche et enfila les patins :

— Notre dragon cyclope a toujours préféré la nuit. J'ai bien connu celui qui le précédait. Je venais patiner sur ce lac gelé. Il m'accompagnait en nageant. Seule la glace nous séparait. C'était étrange et exquis, presque irréel.

L'instant d'après, la jeune fille prenait de l'élan et partait exécuter quelques figures sous les trois lunes maigrichonnes. Élias et Sandros restèrent à l'observer. Elle faisait des huit à présent, ce qui n'était pas sans leur rappeler les abeilles qui leur avaient permis de reconnaître Iris, la messagère d'Héra.

Auxane leva soudain les deux bras, puis arrêta ses arabesques pour s'approcher d'un endroit en particulier. Malgré la nuit sombre, Élias et Sandros distinguèrent une masse. Torche en main, ils rejoignirent Auxane qui discutait avec le dragon cyclope des Terres Glaciaires.

Il était question de l'ancien dragon. Le jeune protecteur expliquait maintenant qu'il avait réussi à suivre les mouvements d'Auxane à l'oreille. Auxane tendit un bras vers la tête bleue au corps recouvert d'une fourrure sombre, sans doute un excellent isolant pour lui permettre de nager sans soucis dans l'eau glacée. Aussi soyeux que pût apparaître ce corps, il était préférable de ne pas s'y fier, car des pics plus tranchants les uns que les autres en parsemaient son échine. Élias demeurait saisi par tant de contraste en admirant deux immenses ailes transparentes qui semblaient aussi fragiles que des ailes de papillon. La pierre bleue se positionna sans difficulté dans l'orifice béant du dragon cyclope et une lumière vive monta dans la nuit. Au même moment, un phénomène étrange se produisit. La chaîne qui retenait le dragon cyclope des Terres

Glaciaires se dématérialisa. Un autre jet de lumière jaillit du dragon cyclope qui volait au-dessus du lac gelé. Le ciel devenait lumineux sous les explications spectrales du protecteur des Terres Glaciaires :

— En cet instant, tous les dragons cyclopes de toutes les Terres d'Éphoria sont éveillés et libérés du joug imposé. Tous envoient leurs lumières protectrices en même temps... Voyez cette lumière magnifique dans le ciel...

Le phénomène dura si longtemps que tout le village, émerveillé, s'était réuni autour des trois élus. Le dragon cyclope versa une larme de feu qui glissa dans les entrailles des Terres Glaciaires tandis que ses jeunes frères et sœurs dragons cyclopes des autres terres en versaient une aussi. Les larmes se frayèrent toutes un chemin jusqu'aux fondations du palais de Drakéon et déclenchèrent un incendie. Le feu se propagea rapidement. Un garde ouvrit les cellules dans un geste instinctif, libérant Hymenopte qui avait promis de se venger de Drakéon. La créature jeta un œil brillant sur le prêtre des Terres Brumeuses qui agoni-sait, incapable de se lever de sa couche. Le

Myrmadès s'enfuit, laissant les gardes s'occuper d'éteindre l'incendie.

La grande prêtresse Yéléna arriva sur les Terres Glaciaires sous les traits du magnifique cheval ailé blanc à la crinière argentée. Redevenue femme, elle félicita abondamment les trois jeunes gens en ajoutant :

— Voici pour toi, vaillant Élias Sparte. Héphaïstos, le dieu forgeron de l'Olympe, a recouvert le centre de ton bouclier d'une peau de chèvre pour le rendre plus résistant.

Élias ne s'était même pas rendu compte de l'absence de son bouclier. Il glissa une main sur la peau noire et blanche, appréciant le magnifique travail. Il remarqua aussi trois éclairs d'or gravés dans l'un des cercles du pourtour. Il leva les yeux vers Yéléna, à la recherche d'une explication :

— Zeus a imprimé sa marque sur le bois de ton bouclier. Il n'est pas venu te chercher dans ton monde pour rien ! Vous étiez les seuls à pouvoir accomplir l'oracle des trois soleils. Aucun adulte n'avait le droit d'y participer. Vous êtes la relève d'Éphoria, comme nos jeunes dragons cyclopes.

— Je devrais bientôt rentrer…

Élias regarda Sandros, puis Auxane. Il se rendit compte qu'il n'en avait pas si envie que cela, même si ce monde lui paraissait étrange. Yéléna ne commenta pas. Elle se tourna vers Sandros qui affirmait :

— Drakéon nous a trompés. Il est derrière toute cette histoire.

— Voici pour toi, Sandros, de la part d'Héphaïstos.

Sandros perdit soudain sa mine revancharde quand Yéléna lui remit la dague qui lui venait de son père et qui était dotée d'une lame neuve.

— Comment est-ce possible ?

Il observait l'arme en tous sens, le cœur gonflé d'émotion en passant des doigts fébriles le long de la superbe lame. Sur la poignée, il fut stupéfait de découvrir trois éclairs d'or, les mêmes que sur le bouclier de bois d'Élias. Discrètement, la grande prêtresse conduisit les trois élus à l'écart et leur murmura :

— J'ai eu une longue discussion avec Drakéon. Il a été dupé. Dupé non seulement par des prêtres, mais aussi par des hommes à son service. Des complots se sont tramés à son insu. Il y aura des procès sous peu. J'ai aussi découvert Gaïane gisant dans le temple. Il m'a écrit une confession accablante. Grâce à vous, Éphoria va entrer dans une nouvelle ère, une ère de paix. La paix avec notre roi et nos dragons protecteurs... Quant à toi, Élias Sparte, nous essaierons de te faire rentrer chez toi...

— J'ai vu ma mère avant d'entreprendre l'oracle. Sur les Terres Herbeuses, chez Gaïane, justement...

Élias marchait tout en glissant une main distraite sur les autres cercles vides de son bouclier. Yéléna avançait à ses côtés d'un pas serein, en tenant sa tige tressée d'or à l'effigie de l'aigle et du serpent.

— Tu sais, alors... La route n'est pas finie, Élias Sparte. Je crois qu'elle ne fait que commencer...

GLOSSAIRE

Apollon : Dieu de la lumière, de l'harmonie et de la divination.

Aristote : Philosophe grec né en 384 av. J.-C. et mort en 322 av. J.-C. Son père était médecin et sa mère sage-femme. Aristote était assoiffé de connaissance. Alexandre le Grand a été son élève.

Athéna : Déesse de la sagesse, de la guerre et de la justice.

Clepsydre : Horloge à eau qui fonctionne comme un sablier.

Démarque : Chef d'un dème, une division administrative de la Grèce antique. Il pourrait correspondre à nos maires modernes.

Dryades : Dans la mythologie grecque, nymphes protectrices des forêts et des bois.

Fibule : Agrafe qui maintient les extrémités des vêtements, l'ancêtre de l'épingle de sûreté.

Fourmis Magnan : Fourmis les plus redoutables d'Afrique. Elles possèdent des mandibules tranchantes qui coupent et arrachent la chair de leurs victimes. On appelle *la marabouta* le bruit qu'elles font quand elles se déplacent. Quand les animaux pressentent leur arrivée, ils s'enfuient, terrorisés.

Hadès : Maître du monde souterrain, dieu du royaume des morts.

Hamadryades : Divinités protectrices des forêts et des bois, qui font corps avec l'arbre. Si on coupe l'arbre, l'hamadryade qui y habite meurt avec lui.

Héphaïstos : Dieu forgeron, fils de Zeus et d'Héra.

Héra : La reine des dieux, l'épouse de Zeus.

Hermès : Messager de Zeus.

Hydrie : Vase à trois anses de la Grèce antique qui permet de transporter et entreposer l'eau.

Iris : Messagère d'Héra.

Pédanius Dioscoride : Médecin grec dont l'œuvre a été la source principale des connaissances en matière de plantes médicinales durant l'Antiquité.

Strigile : Grattoir utilisé dans les thermes (les bains) pour se laver.

Téménos : Espace sacré dans la Grèce antique.

Zeus : Le dieu des dieux. Dieu du tonnerre et de la foudre.

DANS LA MÊME COLLECTION

ISBN 978-2-89595-391-3   ISBN 978-2-89595-392-0

ISBN 978-2-89595-393-7